逃家少爺的Kiss契約

艾莉諾菈

公會副會長，有輕微腹黑傾向。長相亮眼又溫柔美麗，很受男性歡迎。公會會長佛格斯和格倫都喜歡她。

莉嘉

公會的吉祥物，人小鬼大，常常欺負佛格斯。她意外的與埃羅爾處得很好，是個食量非常驚人的小女孩。

佛格斯

公會會長，雖然看起來很可怕，但其實是個很負責任、非常值得信賴的好男人。因為不受女性歡迎，也因為是情敵而討厭格倫。

格倫

企業之城裡富翁的獨生子。長期在父親的壓力下成長，抗拒浮華的生活而逃家。天生有奇怪的「祝福」，讓他處處受歡迎，就連魔物也不例外……

埃羅爾

奇怪的面癱男子，有自殺傾向，這是為了想知道自己到底會不會受傷而對各種自殘方式特別感興趣。因意外親吻了格倫，而認格倫當主人。

Contents

第一章

可不可以別那麼衰！

車輪轣轆轣轆地轉動著，車廂跟著路面的起伏顛簸搖晃著。

原本以為只要經過村落就會停車了，但是馬車搖搖晃晃坐了那麼久，完全沒有停下來的意思。車廂裡面的人們對於這情形並沒有什麼不悅，倒是很有精神地在聊天。熱鬧的談話聲充斥車廂中，我心底卻掠過淡淡的寂寞。

回想剛才從貴客們眼前逃走的事，心情就變得沉重。

在那場合出席的人不是貴族，就是父親在生意上的重要夥伴，我這麼做，無非是讓父親的顏面掃地。

但，這也沒辦法啊……父親無預警地宣布我是下任繼承人……我怎麼可能勝任這麼困難的任務？況且，這根本也不是我想要的未來，所以我逃走了。

然而離開後，我也沒有自己想像中那樣豁達就是了。

「唉……」將身上裹著的毯子拉緊，遮住與周遭眾人衣裳格格不入的華麗服飾，靠在斑駁的車廂壁上，抬頭望著天花板，想到暗淡無光的未來，我不禁深深嘆了氣。

懷裡的小虎斑貓瑟縮在我胸前，安安穩穩地熟睡著。牠偶爾抖動一下可愛小巧的耳朵，喉頭發出呼嚕呼嚕的聲響。這孩子是我剛才在路上撿到的，牠徘徊在路邊喵喵直叫，好像迷路了，我無法丟下牠。

水靈靈的大眼這樣望著……好像是要我打起精神來一樣。或許對牠而言，我才是那迷路的人吧？

「這個，是你掉的吧？」一道甜美的聲音傳來。

我轉頭，看到一名女子拿著我的銀色面具，「——謝謝您，小姐……」雖然很失禮，但是我被她的驚人濃妝嚇到了。

「嘻嘻——你不用客氣啦！你這東西好漂亮哩、水鑽亮得像真的一樣咧！」她那雙大到嚇人的眼睛以驚人的速度眨著，將面具塞給我的同時，整個人也貼了過來，在我耳邊說道：「可愛的小帥哥，大姐姐我對你很・有・興・趣・唷！」

她身上濃烈的香水味使我快窒息，我尷尬地笑說：「小姐，不好意思，我……」我輕輕退開，卻一個不小心踩到滑滑的東西，在注意到的時候，我裹在身上的破舊毯子已經滑落。

眾人交談聲戛然而止，一雙雙晶亮的眼睛朝我看來，我緊緊地抵在車廂邊。

糟糕！

「好華麗的衣服、是有錢人嗎！」

「好帥！你有女朋友嗎？」

「可以給我你的聯絡方法嗎！」

緊接著，另外一類聲音湧現。

轉眼間，我身邊環繞了一群女孩。她們以閃亮的雙眼望著我，我卻有種羊入虎口的詭異感覺。

「各位小姐……我……突然有急事。」我仍擠出訓練多年的紳士微笑，忽略那些幾乎快刺瞎我的閃亮眼睛。我用眼角餘光確認窗口方向，發現馬車終於進了城門，趁著馬車速度減緩時，我趕緊開門跳出車廂，一溜煙地逃了。

「等等呀——」

逃離馬車之後，我仍聽見後頭女孩們的尖叫。我回頭，發現她們居然爭先恐後地衝出馬車車廂，朝我這方向追來。

「天啊！」我一驚，盡可能地向前跑。

掠過這條大街，穿過幾條巷子，我刻意在複雜的巷弄裡多繞了幾圈，直到嘈雜的尖叫聲漸漸遠離，我這才緩下腳步。

「呼……真可怕……」我大口喘息著，抹去額頭上的汗水，「這裡是哪……」我抬頭張望，這附近的房子建得特別高，但巷子卻很狹窄。一低頭，不經意地與窗戶上自己的影像對上眼。

玻璃上，和我容貌相同的少年與我相望。

咖啡色的頭髮被汗水浸濕而紊亂，消瘦的臉有些蒼白，雖然穿著華服，但滿頭亂髮看起來有點狼狽。

我從小就異常的受歡迎，雖然我自認長得不差，但應該不會到萬人迷的程度。

不過奇怪的是，我從小收到的情書多到恐怕可以塞滿一個小倉庫，且不論男女都對我很好，尤其特別受女孩子歡迎，我也不明白到底是為何。

我聽管家說，唯一可能的答案是在我彌月時，父親的親友來祝賀，我受到其中一位的祝福才變成這樣……但與其說是祝福，我倒覺得這是種詛咒！但無奈怎樣都化解不了，一直跟著我到現在！

我看著自己身上的衣服，覺得它才是害我落到這步田地的元凶，「……得換掉才行。但一毛錢也沒有，該怎麼辦才好？」無奈地嘆口氣。

「喵嗚——」

伴隨著聲音，我感到懷中一陣騷動。低頭一看，原來是撿到的小虎斑貓從我的衣襟裡鑽了出來，跳落地面。

牠輕盈地以四足著地，在這座陌生城市的紅磚石道上伸個大懶腰。

看牠若無其事地梳毛的模樣，我不禁釋然，「太好了，至少你沒事……」

「噠噠噠噠——」

平靜之中，我聽見嘈雜的腳步聲自巷子另外一邊傳來，我毫無戒心地轉頭，卻驚見遠遠的小路拐彎處有一群人就站在那裡盯著我看。

——我剛甩掉的娘子軍團居然追到這裡來了！

「找到了！」

她們露出限時拍賣大搶購的猙獰面目，爭先恐後地互相推擠，像一群失控的猛獸般衝了過來，我可以清楚感覺到地面的驚人震動。

「別過來！」我趕緊將小貓撈進懷裡，拔腿就逃。

她們一路尖叫，害我耳朵都快聾了。發現有幾戶睡眼惺忪的居民們打開窗戶探頭，我匆匆對他們投以抱歉的眼神，不敢貿然停下腳步，因為她們仍窮追不捨。

在一連串胡亂奔跑後，我似乎來到較靠近市中心的地方，路是變寬了沒錯，但高樓更密集了。

我看見疑似防火巷的暗道，那種類型的地方很容易能甩掉人，我一個華麗的緊急煞車，「也許可以從那——咦？」突然感到一陣陰暗籠罩，我困惑地抬頭，卻驚見有個黑髮人從天空墜落。

——而我就是落點！

「噢！」我被撞倒在地。

一陣昏天暗地，緊接著是可怕的疼痛侵蝕我的神經，「好……好痛……」口中咳出鮮血，倉促的呼吸有濃烈的血腥味，意識渾沌。

「……連點傷也沒有，無趣。」

聽見一個低沉的聲音，我努力張開雙眼，卻見扭曲的視野之中，有名黑色長髮的男子正在拍著自己身上的黑塵。

他抬頭望著高處，自言自語：「十七樓還沒事？嘖！」

「救……救命……」我顫抖地伸手想抓住他的褲管。

那男子一雙紫色眼眸冷漠地瞟我一眼，「……活該，誰叫你站在那裡。」說完，連看都不看我一眼，就走掉了。

「怎麼……這樣……」我猛力咳，口中又湧出更多的鮮血。

眼前越來越朦朧，我的知覺正一點一滴的失去。

「轟隆隆——」

遠處傳來一陣低沉雷鳴，天空開始下起了雨，滴滴答答落在我身上。雨勢逐漸變大，雖然痛覺神經已麻木，但我仍能依稀感覺到雨水點點觸碰，眼睜睜地看著自己身邊的血液被雨水沖散、沖淡……

——我……會死嗎？

朦朧中，似乎看見有個人站在附近。

「哎呀？」雨聲中，清甜的嗓音傳來。

我模糊的視線，只能隱約看見有雙紅色的靴子停在我面前，再上面一點是桃紅色帶著白色蕾絲的裙襬。

她的聲音很美，我不禁想像是擁有一雙雪白翅膀的天使降臨了。

——天使來迎接我了嗎？

這麼一想，我的心漸漸地安穩下來，意識深深地墜入虛無之中。

◆※◆※◎※◆※◆

「——哈啾！」感到一陣冰冷自臉部撲來，我驚醒地坐起身來，「好、好冰……咦？」卻發現自己居然只感到筋肉些微的痠痛。

「奇怪……？」找不到傷口，卻聞到香香甜甜的味道，我伸手抹臉，手心黏黏濕濕的，好像是糖漿？

「這是……？」感覺好像有人在旁邊，我抬起頭，卻與一個身高大概只有百餘公分，紮著橘色雙股辮的小女孩大眼瞪小眼。

小女孩身上白與紫相襯的小洋裝滿是紅色水漬。她一臉吃驚地望著我，然後拿著空空的玻璃杯飛也似的衝出房間的木門，大叫道：「他醒了——！」

只剩下半開的門板懶散地晃了幾下。

「咦……？」我錯愕地愣在原地。

當腳步聲遠去，我下意識看看四周。

這木造的房間雖然矮小卻溫馨，與我熟悉的商業之城的石製風格大相逕庭，多了幾分純樸簡單的清新感。房間裡堆了許多可愛的娃娃與裝飾品，圓形的窗前一個橘色的風鈴飄盪著，猜想這裡應該是那女孩的房間。

「對了……我現在已經在中央之城了啊……」想起逃離家鄉的原因，還有懵懂未知的未來，我就感到一陣疲乏。

「噠噠——」

幾人匆匆趕來的腳步聲傳來。

「糟糕、該不會被誰綁架了吧！」聽見緊湊的腳步聲使我渾身緊繃，但在我想從窗口逃出去之前，木門被撞開的聲音已從後方響起。

我愣愣地回頭，卻見門口有三人站在那裡望著我。

站在最前面的是剛才那小女孩，而斜後方是一位髮色火紅的男子，臉上的刀疤讓人感覺殺氣十足。男子的身邊，則站著一個金色長髮飄逸、氣質出眾，穿著一身桃紅色禮服與紅鞋的少女……

——她該不會就是那位天使吧？

「欸……大哥哥，你為什麼要站在窗邊啊？」小女孩歪著頭不解的問道。接著她拉拉金髮少女的裙襬，抬頭望著金髮少女，再問道：「艾莉諾菈姐姐……妳撿到的人是不是有點怪怪的呀？」

——她叫艾莉諾菈啊……好美的名字。

我的視線不自覺地被她吸引，追逐著她輕盈的每個動作。

艾莉諾菈蹲下身來，拍拍小女孩的頭，柔聲笑著說：「莉嘉，這樣不行呢，隨便說人怪怪的是不好的唷。」

窗外的陽光灑在她的長髮上閃閃發光，配上那近乎透明的笑容，宛如天使在臨。

——好美……

前方無預警地竄出一個人影擋住艾莉諾菈的身影。

「！」我愣愣地抬頭，卻驚見那個滿臉戾氣的紅髮男子瞇眼盯著我。我幾乎可以看見他眼裡噴出來的熊熊烈火。他咬牙切齒的嘎嘎聲響嚇得我倒抽了口氣，「請問有什麼事情嗎？」我仍然假裝鎮靜地問道。

「小子，別靠近艾莉諾菈！」男子揪起我的衣領，他的口水毫不客氣地噴在我臉上，更近的看，他的五官還真是凶惡逼人，「你可不要以為你是傷患就可以為所欲為了啊！？」

這、這人是怎麼回事！

感受到威脅，我惶恐地撇開眼神看向他處，「我只是……」

「佛格斯，你別這樣！」艾莉諾菈及時上前將紅髮男子拉離開來，「不好意思，嚇到你了嗎？」她為難地笑著，順手將髮絲塞進耳後的動作令我怦然心動。

她突然伸手觸碰我的髮絲，我心不禁一顫，這才發現，原來她只是幫我將頭髮上的一小塊草莓果實拿下，接著她遞來一條水藍色的毛巾，叮嚀道：「好好擦乾，別著涼囉。」

「謝謝……」我雙手接下毛巾，心跳還無法沉著下來。

這個人不僅長得漂亮，而且也相當溫柔啊……從來沒有遇過這麼氣質出眾的女孩……說是天使也不為過了。

我偷偷看她一眼，卻意外發現她湛藍的雙眼含著笑意望著我，金色而柔軟的長髮披肩，「哎呀，這位傷患先生長得真好看呢……」說著，她綻放出更迷人的微笑。

她那炫目的笑顏使我腦袋一陣空白，心跳悄悄地加速……

「咳咳咳！」那名叫做佛格斯的男子虛假的咳嗽聲使我回到現實。

佛格斯擋在我和艾莉諾菈中間，指著我的鼻子，字字鏗鏘地大喊：「總而言之，我們公會沒有你能住的地方，現在馬上給我滾！」

「我……」從沒遇過這麼粗魯的人，我困窘地望著他。

拍開佛格斯的手，艾莉諾菈稍稍蹙起眉頭，語氣也開始強硬起來，「我不贊成。他受了這麼嚴重的傷，就算是用治癒術治好了，也必須休養一、兩天才能恢復元氣，請不要擅自趕走我的患者！」

「艾、艾莉諾菈……」佛格斯表情受傷、腳步踉蹌地退後一步。

「對呀，你不要欺負他啦！就是因為你老是這麼凶，才害我們公會的新人都嚇跑了，還不快反省！」莉嘉氣鼓鼓地一手扠腰，另一手指著佛格斯，「更何況大哥哥長得比你帥，比你受歡迎是理所當然的！」

「莉嘉……怎麼連妳也……」佛格斯手壓著胸口，彷彿呼吸不過來，盛怒中，眼眶居然紅了，他瞪向我，眼底的殺氣讓我恨不得就此憑空消失，「受歡迎有什麼了不起！我才不屑！一點都不在意、完全不在意！」

「是嗎？」莉嘉挑眉，嘟著小嘴，細數道：「之前是誰說想追別的公會的女生、還有住隔壁的鋼琴家……就算是遇到艾莉諾菈也——」

「咳咳咳！」佛格斯以非常劇烈的咳嗽聲打斷她的話。

看情況好像變得有點尷尬，不管怎樣，我不希望因為我關係而使他們為難，畢竟他們幫過我，「那個……我很快就會離開……」但言語卻被佛格斯狠狠瞪過來的視線腰斬，嚇得我要說什麼都忘光了。

……搞不好當初死在外面會比較好一點？

「好啦好啦、別在這邊嚇人了！」莉嘉將佛格斯推了出去。

我發現佛格斯在門後偷偷擦眼淚。

莉嘉也跟著走出門外，她對我們招招手，「人家先去送個貨，艾莉諾菈姐姐，大哥哥就暫時麻煩妳囉！還有、不可以偷吃人家的零食唷！」說完便砰的一聲關上門。

只剩下我和艾莉諾菈在房間裡，想到這，我不由得緊張起來。

對了，得先道謝才行……

艾莉諾菈挽起桃紅色飄逸的裙襬，坐到了床邊，窗外斜射的陽光落在她的金髮與無瑕的臉蛋上，她的笑容更顯得溫婉。

突然縮短的距離，使我心跳漏掉半拍。

「那，傷患先生，可以告訴我關於你的事情嗎？」艾莉諾菈柔聲說著，湛藍的眼眸含著笑意，「這身衣服……你應該不是中央之城的人吧？又怎麼會倒在那裡呢？」

原來是想歪了。

我悄悄深吸一口氣，好讓聲音聽起來穩定些，「會倒在那裡，是因為……」我一五一十地將在馬車上遇到的事情告訴艾莉諾菈，「我來自企業之城……因為一些事情，所以意外來到這裡……」有點為難，不知該不該說出自己的身分。

如果說出來……如果他們把我報備給父親的話……

「沒關係，不方便說的話不用勉強的。」艾莉諾菈說。

我點頭，心底鬆了口氣，「嗯……」

艾莉諾菈掩嘴笑了，笑聲宛如鈴聲般悅耳，「從來不知道有人會因為太受歡迎而煩惱，真是有趣。」

「……一點都不有趣啊……」我想起當時被追的畫面就感到頭痛。之前在家裡如果遇到女僕騷擾，也能很快被解決，但在外面只能自求多福，就變得麻煩了，「如果可以，我真希望這詛咒能從我身上消失……」

「詛咒？」艾莉諾菈眨眼，不解地問道。

「嗯……那個……」我懊惱地捏著指尖，「其實我也不太確定，聽說是小時候有人給我的『祝福』啦，但我覺得那根本就是詛咒，向來只會徒增我的煩惱而已。」

「那人是魔法師嗎？」

「我不知道……那天來祝賀的人太多了，父親也記不得到底是誰的祝福。而且這也很難追究吧，說不定只是誤會……」感到溫暖而柔軟的手心貼在我額頭，我一時語塞。一看，原來是艾莉諾菈，她正閉著雙眸。

我雙頰不禁發燙，「怎、怎麼了嗎？」

艾莉諾菈沒有馬上回應我的問題，她慢慢地張開眼睛，就連纖長的睫毛也是金色的，「嗯……我感覺到有股魔法的能量在你身上遊走，也許這真是魔法的力量也說不定，只是這並不是黑魔法……相信施術者是沒有惡意的才對。」

當她的手離開我的額頭，手的溫度還殘留在皮膚上。

怎麼感到小小的失落？

聽艾莉諾菈這麼說，我趕緊問：「那有辦法解除嗎？我之前問過很多人，但他們連魔力都感覺不到……直說是我心理作用。」想起之前曾試著求助他人，但通常只是被笑著帶過，害我還懷疑是不是真是自己想太多。

「嗯……最簡單的方法就是請施術者收回魔法，但連對方是誰也不清楚的話，就很難了……」艾莉諾菈沉默一會兒，想到什麼似的笑道：「對了，確實有個方法！」

我滿懷期待。

「你聽過『黑珠』嗎？」

「黑珠……」這個名詞有點耳熟，我不確定地問：「妳的意思……是那個要打倒黑色據點裡的守護者才能獲得的寶物？」

「是的。」她點頭，「它是守護者的核心，擁有強烈的黑能量……如果能將它的能量凝聚到一定的量，就能煉成一種強烈暗屬性的萬靈丹……聽說它能吸除附加在身上的所有魔力。我以前在教皇那邊看過一個，它是靛紫色的，核心呈現一種淺藍色的光影……很美呢。」

教皇可是皇族族系裡的人，光是想到這，就知道那東西根本不可能輕易到手。況且現在這個時代，根本不會有人想把黑珠留在身邊，大多都將它賣出，或繳交給皇族領取獎賞……要錢的話我沒有，唯一的辦法大概只能靠自己蒐集了。

「……要製作萬靈丹的話，大概要幾個黑珠才夠？」

艾莉諾菈食指輕點自己的臉頰，歪頭，「不確定呢，但至少要十個以上吧！而且得由頂尖的聖職者來執行才行，否則一般人只會被反噬……這不是件簡單的事情。」

「嗯……」我沉重地點點頭，「謝謝妳告訴我這些。」

光是黑珠就已經不是能容易拿到的東西，黑色據點就是個試煉，能不能平安活著回來都是個很大的疑問。看樣子想解除這身詛咒，不是一、兩天就能完成的事情……

不過，比起以前，至少現在有個目標就是了。

「舉手之勞而已。」艾莉諾菈搖搖頭，「但黑珠畢竟是危險的東西，若沒好好處理，很可能又會生出新的黑色據點。皇族通常徵收到黑珠就會直接銷毀……私下買賣黑珠是很嚴重的違法行為。雖然我不知道能幫什麼忙，但若之後蒐集到一定數量的黑珠，我可以幫忙你解除詛咒。」

「嗯，謝謝。」暫且不去想這有多難完成，我稍稍吸口氣，卻突然想到路途上撿到的那隻貓，「對了，那隻黃色的小貓，你們有看到牠嗎？」

「牠在那呀。」艾莉諾菈指向房間玩偶堆疊的角落，上頭擺著一個草編籃子，「牠纏著莉嘉不放，莉嘉乾脆把牠養在自己房間裡了。牠真是很可愛的小東西呢。」

我探頭，只見籃子裡頭墊著紅色的毛毯，有一顆黃色的虎斑毛球縮在那裡，小小的背影起伏著，似乎睡得很熟。

「太好了……」我不禁鬆了口氣，「謝謝妳……」回頭，卻恰巧與艾莉諾菈四目相對，害我一時緊張，倏地移開視線，「……牠應該沒給你們添麻煩吧？」

「怎麼會？大家都很喜歡牠呀！」

接著，艾莉諾菈手指再度輕點著自己的臉頰，做出思考貌，「是說，那個撞到你的人從這麼高的地方掉下來居然毫髮無傷……真是不可思議呢。」

我同意到不能再同意了。

「當時我確實是被他撞到才對，但他毫髮無傷，還嫌大樓不夠高……」想到當時飛來橫禍的慘況，害我渾身直冒冷汗，鼻腔突然有種充滿血腥味的錯覺。我可不想再碰到這種倒楣事了。

但那個人到底是怎麼回事？難道他有什麼保護身體不受傷的魔法？

「那……你之後有什麼打算嗎？」

艾莉諾菈這句話正中我不安的紅心。

我低下頭，「……不知道。而且我還沒有拿到居留證，再三天就到期限了……恐怕會被逐出城外……」捏著的手心微微發汗。

如果沒拿到居留證，就無法在三大城鎮裡使用任何大眾交通工具，甚至連買東西都會被限制，而且若被抓到，便會被逐出城鎮，因此所有法定成年人都必須有所屬公會，或是透過具有地位的家族獲得在城鎮生存的憑證。

以前有著具有威望的父親當擔保人，我完全沒有擔心過這一點，但是現在可不一樣了……

聽說城市之外的地方沒有結界保護，危險的魔物四伏；也沒有任何的軍隊駐守，環境條件遠比城市裡還要低下許多。城外的人既粗魯又野蠻，被搶劫或被騙也沒人會幫忙，容易客死他鄉……

這些傳聞使我越想越頭痛。我抱著頭，覺得全世界的烏雲都降臨在頭上盤旋。

「如果不介意的話，要不要暫時留在我們公會呢？只要有公會證明，那就不會有這問題了。」艾莉諾菈的聲音彷彿是黑暗中的曙光，「而且我們公會恰巧也有在攻略黑色據點，或許能幫助你蒐集黑珠。」

那宛如天使般溫柔的聲音，讓快被絕望吞沒的我重振精神，「真的？」

「嗯。」艾莉諾菈毫不保留地對我綻放甜美的笑容。在我眼中，她背後就算突然展開一雙潔白的翅膀我也不會意外了。接著，她對我伸出手，「我們公會正好缺新人呢，我很歡迎唷！」

聽她這麼說，我心中不禁飄飄然，但想起我對她有所隱瞞，「抱歉，我是不是應該要說清楚，其實我——」艾莉諾菈的手指輕點在我的嘴唇上，使我嘴唇一陣發麻，愣愣地望向她。

她甜甜一笑，「每個人都有保有秘密的權利。你的眼神很澄澈，我相信你不是壞人……難道你不相信我的眼光嗎？」說著，輕輕收回手。

唇上還殘留有她手指的觸感，我心跳不爭氣地悄悄加速。在她的笑容下，以前得心應手的社交應對竟然全部忘光了。我不知該如何是好地垂下頭，小聲道：「……謝謝妳。」

「嗯，不會唷。」艾莉諾菈將金色長髮撥到耳後，站起身來，「這件事情就交給我吧，我會和會長說的。為了讓你能儘早恢復健康，我得準備豐盛的午餐才行呢！你先好好休息吧！」

我點頭，艾莉諾菈留下一抹微笑，開門離開。

木屋裡似乎還殘留一些她身上那淡淡的清香，我伸手想挽留，卻連微風中的風鈴聲都抓不住。

那如夢似幻的邂逅令我到現在還眷戀不已，甚至開始相信命運這種東西。

如果可以和她在同一個公會，好像很不錯呀……

若解除了詛咒，我的人生從此將會是一片光明！

第二章
情敵？試煉？

暖暖的午後陽光自窗邊灑進，現在時間約下午一、兩點。在空間不大的木屋內，我們四人在餐桌前，還算和平地吃著午餐。

雖然艾莉諾菈的手藝很不錯，但因為第一次在陌生人家裡吃飯，以及申請公會的事情而感到壓力，我沒什麼胃口，麵包也只吃了三分之一。除了我和艾莉諾菈面前的範圍，擺滿食物的餐桌可以說是杯盤狼籍的狀態。

我從來不知道竟然會有人吃得這麼粗魯……如果是佛格斯的話還可以理解，但莉嘉這看起來乾淨可人的小女孩居然吃得滿臉都是，而且身邊堆疊的餐具幾乎要把她的身影擋住了。

與她相較之下，艾莉諾菈的高雅氣質更加耀眼。坐在窗邊的她，靜靜地品嘗著美食的畫面，簡直美得像一幅畫，就連擦嘴的動作都令我心曠神怡……除去坐在我斜對面的佛格斯老是以緊迫盯人的眼神瞪著我看之外。

坐我對面的艾莉諾菈放下餐具，眨個眼對我示意。我有點緊張地坐直身軀。

「那，大家都吃飽了吧？」艾莉諾菈雙手指尖相觸，帶著微笑地望著在場的人一圈，「是這樣的，我有件事想詢問大家的意見。」

「什麼什麼？」莉嘉嘴裡塞滿了布丁。而我撿到的那隻小虎斑貓趴在她頭上，一雙晶亮的眼睛望著我……桌上殘餘的食物。

艾莉諾菈是副會長？唔……其實公會裡面只有三個人，好像也不用太驚訝。

艾莉諾菈推開椅子，站起身來，慢步走到我身邊，說：「我想要邀請格倫加入我們的公會。」

感覺她如此靠近，我緊張地坐直身軀，「請各位多多——」

「我拒絕！」佛格斯拍桌起身。

他喊得格外用力，每個字都破音了，雙眼毫不保留噴出的怒火令我難以招架。桌子被他那麼一拍，餐具都彈跳了幾公分高度。

雖然早已料到他會反對，但他這反應也太誇張了。

「欸——為什麼？人家覺得很好的說！」莉嘉舉起布丁湯匙，「公會就是要熱熱鬧鬧的比較有趣嘛！」

佛格斯盯著我，不悅的神情清楚地寫在臉上，「我已經答應讓他在這休養了，可是沒說他可以加入公會啊！」說完，他像個倔強的孩子撇過頭，望向艾莉諾菈。

「別這樣呀。」站在我身後的艾莉諾菈聲音稍稍壓低了些，「他現在沒地方去，而且又受傷……更何況，我們公會多一個人應該也沒關係吧？請別處處針對他好嗎？太孩子氣了。」

「艾、艾莉諾菈……」佛格斯似乎受到強大打擊那樣踉蹌地退開一步，後頭的椅子嘎咿一聲，被推到旁邊去。

公會裡的氣氛突然變得尷尬。

雖然我很希望能找到依靠，但若害得想幫助我的人困擾的話……

「不好意思。」感到有點難堪，我鼓起勇氣出聲，但視線卻在桌前徘徊，「請不要因我而吵架，我會自己想辦法的，謝謝你們的收留。」

在一片磨人的死寂中，我只想快點逃離──起身，拿走椅背的外套。

「你別走嘛！」莉嘉拋下手中的湯匙，衝上前來拉住我的衣角，她回頭望向佛格斯，「拜託嘛，他是傷患耶！再多留個幾天也好嘛！」

艾莉諾菈也出聲道：「我也贊成。我們公會已經很久沒有新人了，而且他需要幫忙……我真的覺得你應該好好考慮一下，幫助人是好事一件呀，『會長大人』！」

雖然面帶微笑，但艾莉諾菈說出的話卻略帶嚴肅。

她們不惜交情，站在我這個剛認識不久的人身邊，我大受感動。但是佛格斯沒反應，我怯怯地看向他，果然發現他沉著臉，這可不是個好現象。

佛格斯看了看其他兩人，埋怨似的瞪了我一眼，「好啦好啦！在找到歸宿前，留在這裡也是勉強可以啦！但加入公會是另一回事！我們公會執行的任務可不簡單，像他這樣的少爺，只會白白送命！」

……聽起來真不舒服。

「我學過一些劍術，保護自己應該是沒問題。」因為再怎麼樣也不想在艾莉諾菈面前丟臉，我忍不住脫口說出這句話。我偷偷地看了一眼站在我斜後方的艾莉諾菈的表情變化，請求著佛格斯：「請讓我試試看！」

「我們公會的委託任務，可不是三腳貓功夫就能勝任啊！」也許是沒能讓我退卻的關係，佛格斯的口氣又開始緊迫逼人起來，「除了基本的保護僱用者的安危和安全運送物品之類的任務之外，還有個更重要的責任！」

我困惑地抬頭，問道：「責任？難道是攻略黑色據點……」

佛格斯挑眉，「哼，已經知道了啊？好好看那櫃子！」他指向斜後方的展示櫃，上頭放著好幾個閃閃發亮的獎盃及勛章，「這可是我們從皇族手上領的獎牌，消滅多少個據點，就有幾個！」那眼神擺明了就是在輕視我。

看到這麼多閃閃發亮，粗估至少也有一、二十面的獎牌，我不禁頭冒冷汗，偷偷看一眼三人，猜想他們一定不是等閒之輩。

就算我從小學習劍術，雖然自己覺得程度應該還可以，但要單槍匹馬獨闖黑色據點，我可是沒想過。但是，現在說要放棄未免也太丟臉，而且只有蒐集黑珠才能解除詛咒……若有他們幫忙，說不定很快就能……

莉嘉指著櫃子，「裡面明明一半以上是人家大胃王比賽冠軍的——」

「咳咳！」佛格斯以非常不自然的咳嗽聲打斷莉嘉的話，他單腳踩在桌上，魄力十足地以食指頂住我的鼻尖，「想要我認可你的實力，就去把黑珠帶來！」那表情一看就知道只是挑釁，「其實做不來也不勉強啦——」

艾莉諾菈蹙眉，「他怎麼可能——」

「……我去！」想著絕對不能讓艾莉諾菈再為我擔心，我對佛格斯決然道：「我一定會讓你認可我的！」這句話雖然說得鏗鏘有力，其實我心裡抖個不停，但是艾莉諾菈在場，我實在不想漏氣。

「你確定？」佛格斯挑眉。

「嗯！」明明是可以後悔的機會，我卻硬是昧著良心點頭。

——只剩下短短一個禮拜……這可能是我最後的希望了。

突然感覺有溫度輕輕落在我的肩上。

我抬頭，發現艾莉諾菈將手搭在我的右肩，微笑望著我，「格倫先生真是個有勇氣的人呢。放心，有我跟著，一切都會沒問題的！」

聽到這話，我受寵若驚地望著她。所、所以我可以跟艾莉諾菈單獨約……不、出任務？這難道不是個好機會嗎？我突然感謝起佛格斯了。

佛格斯愣愣地望著我和艾莉諾菈，下巴幾乎快掉下來，「等、等等——」

「人家也去！」莉嘉一鼓作氣地跳上我旁邊空著的椅子，踮起腳尖硬是要學艾莉諾菈搭我肩，轉頭望向佛格斯，「人家贊成格倫哥哥進公會！讓莉嘉也來幫忙！」

我心底漾起溫暖，「大家……」

「妳、妳們兩個……」佛格斯扶著胸口，看樣子內心傷得不輕。接著他踉蹌地往後退了一步，眼睛又紅了，「那看起來弱不禁風的傢伙到底有哪點好了……」

莉嘉眨眨眼，毫不猶豫地說：「就說了呀，至少人家比你帥！」

佛格斯瞬間受到強烈打擊的石化在原地。

「嘻，看來這次是格倫的勝利呢！」艾莉諾菈含著笑意的眼眸意有所指地望向佛格斯，「或許『會長大人』應該好好檢討一下才是？」她的笑聲宛如鈴鐺般悅耳。

看他明明一臉狠樣，可是受到打擊馬上就紅了眼眶的反差，在輕鬆氣氛下，我也忍不住暢懷笑了起來，不過佛格斯帶著殺氣的眼神瞪了我一眼，我尷尬地收起笑容。

「那還等什麼、我們出發吧！」莉嘉高舉手提議出發。

「嗯！」我點頭應道。

就在我們氣勢高昂的時候，公會的門突然被推開了。

「嘎——」

我們不約而同地轉頭看去，卻見外面有幾個拿著張紙的人急急忙忙地闖了進來。

有個矮小的男人臉色慌忙地喊：「你們可終於回來了！今天我馬上就要送東西到

西邊的荒野小鎮——」

他話還沒說完，就被旁邊的人一把推開，跌個七葷八素。另一個壯碩的男人高舉手中的紙張，大喊：「我的合約上可說是今天內要完成啊！」

「也別忘了我的啊！」又一個人拿著紙張高喊。

這群人搶成一團，只差沒在公會裡打起來。

「這、這是怎麼回事？」我不禁傻眼了。

「人家馬上去跑腿！」莉嘉衝上前去，一口氣扛起其中一個委託者的貨物。那箱物品比她大上好幾倍，但卻見她臉不紅氣不喘，速度極快地噠噠衝向大門。

在她經過我身邊時揚起一陣風，我不禁呆愣出聲：「欸？」

艾莉諾菈也愣了一下，為難似的笑了笑，「唔……都忘記上次缺乏經費，接了不少案子……沒想到期限剛好都在今天……」她露出抱歉的微笑，「可能……要麻煩你自己先過去了，完成委託之後我們馬上去幫忙！大家，請先冷靜一下——」說著，上前去安撫那些委託人。

「怎麼這樣……」我傻愣在原地，不經意與佛格斯對上視線。

「哼，你可別看我。」佛格斯瞟我一眼，不屑地甩過頭去，「後面有武器和裝備可以拿去用啦。」

沒想到他竟然願意幫我，我愣了一下，「謝謝……」

「話說在前頭，我可不歡迎你加入我們公會！」佛格斯哼的一聲從鼻孔噴出兩道氣體，「只是到時候死在荒郊野外，所有人怪我的話，我會很困擾的咧！」說完，跨著大步離開。

◆※◆※◎※◆※◆

「唔……結果只剩下我一個人啊……」

換上佛格斯借我的衣服，並且配上一把公會裡面看起來比較好的長劍當武器之後，我離開公會，獨自一人走在中央之城的大街上。

中央之城與商業之城那緊迫逼人的氣氛不同，放眼望過去，木造的房子給人一種親切和善的印象，家家戶戶在屋頂與陽臺牽了一條線，垂掛的衣物在風中飄舞宛如旗幟，城鎮上的規劃看起來有點隨興，不過到處可見的綠意多添了幾分閒適的感覺。

大家的腳步不快，見到人就是和氣地微笑，不同於我家鄉的步調緊繃快速，人們彼此幾乎沒多少交集。而這裡的人們沒太過光鮮亮麗的裝扮，女孩也不需要畫上厚厚的妝容，笑起來卻比粉飾過的笑容還要美。

在這裡，時間彷彿慢下腳步，有種終於能放鬆的感覺，多悠哉……

「啊，現在不是放鬆的時候啊！」我伸手拍拍自己的臉頰，身上除了向佛格斯借來的一把長劍及簡單裝備之外，別無所有，「……我這身裝備應該沒辦法打贏黑色據點裡的守護者吧……」

我嘆了口氣，抬頭不經意看見一棟宏偉的建築物自林立的屋舍間探出了頭。它方方正正的輪廓與古典味濃厚的華麗裝潢吸引我的目光，特別是在彩色玻璃旁的柱子上那天使報喜的雕像……活靈活現的，真美。

就連繁華熱鬧的企業之都也沒有那麼大間的藝術建築，我不禁讚嘆出聲：「這麼高……是博物館或美術館嗎？有機會真想去看看呢……不知道近期有沒有哪位名家又出了新的作品？」

想到高處，我的腦海裡便閃過從天中墜下的身影。

那個人真的好奇特，雖然不明白為何他能毫髮無傷，但若這麼厲害的人願意助我一臂之力的話……說不定，我不僅可以拿到黑珠，也能解決被逐出城鎮的危機了！

突然想到這麼一線生機，我一掃胸口陰霾，「對！去問問他吧！不過……要去哪裡找？我對這個城鎮完全不了解啊……」想到這，我垂下肩膀，嘆了口氣。

「呀──那裡有人要自殺呀！」

此時，一陣女高音自街坊傳來。

「？」我愣了一下，反射性地往聲音源頭望去。

但我並沒在這條街上看見有所謂自殺的人。只見同條街上的路人紛紛停下腳步張望，窸窣小聲地交談著，有人在左斜方道路轉角探頭探腦的，面露驚訝的表情，也許隔壁街發生了什麼事情？

好奇之下，我加快腳步走過轉角。

在這條大街上，一棟與周遭房舍落差極大、巍巍聳立的華麗建築物闖入我的視線。原來剛才所見的高大建築物就是它，從門前的字樣來看，確實是棟博物館。

視線稍稍往建築底端移動，發現大門前聚集許多人，對著頂樓指指點點。我好奇地跟著抬頭往上望……屋頂上頭確實有個人影佇立著，「那是……？」因為背光，我只能判別那人有著一頭飄揚長髮，以身形判斷似乎是男性。

「怎麼又來啦！」

「那傢伙我上次也見過，還被衛兵架走哩！」

「都老大不小還搞這種麻煩……」

我聽見旁邊的人吱吱喳喳地在討論，大家的表情是厭煩多於震驚，看來這種事情似乎不是第一次發生。聽到那些關鍵字，我不禁懷疑那個人也許就是我要找的人。

想確定他的身分，我擠進人群中。當我移動到博物館大門前約五公尺內，斜射的陽光終於被博物館擋住，視野恢復明亮。我抬頭，果然看見屋頂上那人有一頭黑髮，那身衣物也很眼熟，我想應該是他沒錯。

但是，他現在只要再往前走一步，鐵定會從高樓墜落！

這可是有二、三十層樓高，如果這次沒這麼幸運地逃過一劫，那就糟糕了！絕對會是當場斃命啊！

「等等！」我奮力推開擁擠的人群，一股勁地衝進博物館大門。

博物館裡的空間太大，放眼望去是四通八達的迴廊及展覽館，我順著指標，總算在圓形的廣場正中央找到了……向上蜿蜒的紅色雕花樓梯。

頂端看似無邊無際般的遙遠。

「這裡沒有傳送陣嗎！」掠過那些參觀的散客好奇的視線打量，我左右掃視著，直到發現別無選擇、只能認命，「拜託、一定要趕上！」

我抓著扶手奮力向上爬，那拐來彎去的設計令我頭昏眼花，遙遠的頂樓彷彿蝸牛殼的深處。真搞不懂為何這麼大的展覽館只有樓梯，實在太不人道了！

不知道爬了幾層樓，已經有點累了。最後我索性不看還有多遠，低著頭努力地邁開每個步子，就算雙腿已經發軟，還是努力地抓著扶手把自己拉上去，不知不覺已經是滿頭大汗。

「呼、呼……」肺部乾燥至極，快撐不下去。

當我搖搖晃晃地爬上下一個階梯時，一扇通往外界的木門就在眼前！

顧不得滿身汗，我趕緊將門推開，外頭的陽光闖了進來。我瞇起眼睛，當眼睛稍微適應光線後，我在頂樓斜前方找到那黑髮男子的身影。

他站在矮小的圍牆邊緣，往低處俯望，曲起膝蓋，似乎已經做好跳樓的準備。

我的天啊！「等等——！」哪管雙腿軟綿綿不聽使喚，我還是衝了過去，在他縱身跳下的那瞬間一抓，緊緊地握住了他的右手腕，而他雙腿懸空。

那瞬間的拉扯使我手臂肌肉彷彿撕裂般疼痛，但這可是關係著一條人命，我左手抓住圍欄柱子固定，而右手則是拚了命地握緊那人的手。我咬緊牙根，一步步將人向上拉，但那人實在不輕，我費了好大的功夫才終於將他拉上來。

「趕、趕上了……」渾身力氣消耗殆盡，我閉上眼，癱在地上喘氣。

不管怎樣，至少做了件好事……

「……多管閒事。」

那似曾相識的冷淡口吻，使我心底一顫。

我愣愣地睜開眼，那自殺未遂者就站在我前方。

他一頭黑髮相當隨性地披在肩上，袖子折了起來，沒穿好的襯衫露出鎖骨，看起來不修邊幅，卻意外有種頹廢的美感。這人雙手環胸，一張臉看不出任何情緒起伏，但眼神顯然充滿不耐煩。

他眼睛微微瞇起，「……是你，為何三番兩次阻撓我？」

上次是你波及我啊、先生！我用手撐著地面站起身，揮汗的時候才發覺頭髮已經被汗水浸得濕透。但他突然這麼問，我反而難以回答，「我……是不知道你為什麼要自殺，可是，你有想過那些身邊的人嗎，他們會很擔心——」

「自殺？」

見那黑髮男子挑眉地看著我，我愣了一下，「……不是嗎？」

「……不完全是。只是想知道我到底會不會受傷罷了。」黑髮男子垂下眼簾，淡淡地說：「更何況，擔心啥的沒那個必要，那種人也不存在。」

我嗅到濃濃的寂寞味，納悶咕噥：「但是從這麼高的地方跳下去，正常人恐怕已經……」發覺自己不小心說出心裡所想的話，我趕緊打住，尷尬地觀察男子的神情。

「不管試多少次，結果還是一樣。」男子的表情稍稍沉了下，低頭看著自己的掌心，低喃著：「連受傷是怎樣的感覺都無法明白……怎麼算是活著？」然後握拳。

聽他這麼一說，我不禁愣住，「你……真的從來沒受傷過？」

男子抬頭，眼神仍舊冷冽，「是。」

不知是不是錯覺，他的視線似乎盯著我配戴的劍？

看他回答得這麼理所當然，眼神就算直視著我也完全沒有心虛的樣子，我覺得應該不是開玩笑，「難道你有什麼特殊能力，所以才能安然……」瞥見他伸手倏地抽走我配戴在腰間的劍，擱在他自己的頸子上。

忘記剛才要說什麼，我吃驚地喊：「你、你冷靜點啊！」

——糟糕！難道這個人有精神上的疾病？我竟然惹毛他了！

「……你不相信？」男子單手持著劍問道。

當男子手臂稍稍移動時，劍上遊走的金屬鋒芒嚇得我渾身冷汗，魂不附體，我眼角餘光不斷四處掃射，卻無奈沒人可以求救，「不！我相信你！請先放下——」

「刷！」

我話還沒說完，男子已經以劍刎頸，一縷錦緞似的黑色長髮隨風散落。

目睹著髮絲消散，男子的身軀倒下，劍鏗鏘一聲落地，我腦袋一片死白。兩隻原本要挽留他的手騰在空中，一時間我不知該如何動作。

——這是怎麼回事……我殺人了嗎！不、這個人是自殺的啊……可是那把劍是我的，要是怪罪下來，那……不、先救人——

「嘖。」

我腦袋亂成一團，努力想釐清狀況之時，一聲不屑的咂嘴聲瞬間終止了我腦中的混亂，「咦？」我愣愣地望向本該倒地的男子，卻驚見他竟像個沒事人那樣坐起身。

我傻眼了。

他瞟了一眼劍，像沒事人那樣隨手拋還給我，「沒用的東西，連癢都稱不上。」居然伸手去撓剛才被劍劃過的頸側。

幾乎不敢相信眼前的畫面，我瞠目結舌地盯著他頸子看，但不管我確認過幾次，他的脖子完完整整的，根本連點痕跡都沒有！我指著他的脖子，卻不管怎樣都吐不出完整的句子來，「你、我……」

「幹嘛？」男子收回手，黑髮又擋住了頸子，「真倒楣，老是遇到你這個礙事的傢伙。」他站起身來，再次踏上矮圍牆，又回到當初差一步就要墜樓的狀態，「別再讓我看到你。」說完，敞開雙手。

「等等！」我趕緊上前拉住他，單腳也踏上矮圍牆。

男子眼神不太耐煩地看著我。我聽見底下圍觀的人們發出一聲驚呼。從這高度來看，人物縮成小小的點，簡直就像四散的螞蟻，他們八成是懷疑我們會一起跳樓。

但現在沒空管那些，「你說、你是為了『受傷』所以才要跳樓的對吧？」

「嗯。」

「到黑色據點吧！」

「？」男子挑眉。

「你應該知道那個吧，有很強的守護者盤踞著，還有魔物棲息的危險之處！與其無意義地自殘，還不如到黑色據點闖闖？」

男子眉頭稍稍舒開，眼眶微微擴大。

「跳樓這麼多次都是一樣的結果的話，不如試試看吧？」看他表情逐漸改變，似乎是有機會，「我正好要去，想找夥伴……你要不要一起來？」我試著問，並且收回抓住他袖口的手。

男子冷漠的眼中顯露出驚人光彩，這樣的反差使我一愣。

——我，是不是開啟了什麼開關？

「黑色據點是嗎？」男子嘴角以微乎其微的弧度上揚，「真有那般凶險？有趣，帶路吧！」

沒想到事情真如我所想的發展，我喜出望外地回頭看向樓梯口，「那我們就下樓整頓——」感覺有人抓住我的手腕，觸感冰涼涼的，一陣力道將我往後方拉，我腦門一麻，「咦？」

男子的聲音淡淡地傳來：「太慢了。」

感受到不尋常的風自後方掃來，失去重心的我心底一涼，仰頭一看。

卻驚見視野上下顛倒，耳邊狂風轟轟掃著。我目睹底下的觀眾們滿臉驚恐，散開的速度比狂風掃過的散沙還神速，眼看紅色磚瓦的街道越來越近，被風打得腦袋混沌的我閉上眼睛，放聲大叫：「啊啊啊啊啊——！」

就在此時，我感覺抓住我右手腕的手鬆開，取而代之的是我的膝彎以及背部有東西將我撐起，側邊有溫暖的觸感。我愣愣地睜開眼，男子的側臉闖入我的視線，原來是他抱著我！

還在震驚之餘，只聽見應該是雙腿著地的悶聲，風聲戛然而止。

「到了。」

「哇！」

男子突然收手，失去支持力的我與紅色磚瓦地板親密接觸。

「好……痛……」我扶著摔痛的臀部，眼角不爭氣地擠出一滴淚，卻見男子一臉無所謂地望著我，「哪有人這樣下樓的啊……」

「啊、是那個可愛的小少爺！」

「真的耶！他這次是成功勸說跳樓男了嗎？真是大好人呢──」

突然聽見有點熟悉的刺耳歡呼聲從窸窣的人群中傳出。

愣愣地回頭，我驚見上次在馬車巧遇的那群女孩們正推擠著人群對我揮手，其中還包括那位濃妝豔抹的大姐！

我渾身一顫，身上的痛覺瞬間杳然無蹤。

我以驚人的速度從地上跳起來，「我們現在就出發！」將劍收回劍鞘裡，朝人群稀疏處飛也似的逃了出去。

第三章
不死之人，天下無敵？

城外是一片綿延的青綠草坡。

打從出了城以來，我們就沒說過話。

他從頭到尾就是擺著那張臉，雙手插在口袋裡面，自顧自地向前走，害我不禁緊張起來。

原本以為只要找到可靠的夥伴，一切應該都會順順利利……但誰知道這件事居然只是讓我每分每秒都感到壓力不斷啊！

「……那個，如果可以的話，不如來聊聊天吧？」我終於鼓起勇氣打破沉默，以平日習得的完美微笑問：「請問你叫什麼名字呢？」

走在前頭的男子停下腳步，回頭瞟了我一眼，「名字？有那麼重要嗎？」說完，又邁開步子繼續向前走。

超、超冷淡啊！

他擺明就是不想跟我說話，但不管怎樣，他是要陪我執行任務的夥伴，兩人之間的氣氛再這樣悶下去好像不太好。

我只好追了上去，先自我介紹：「我的名字叫格倫．瑞奇亞，你可以叫我格倫就好……你呢？」通常使出這招，對方應該就會說出名字才對。

他又停下腳步。

「不想說。」他冷冷地丟下這句話，留下滿臉錯愕的我。

不敢想像居然有人這樣無禮，但是仔細想想……他可是不顧他人目光而跳樓多次的人，一般的禮儀對他來說根本形同虛設嘛！

我終於打消和他拉近距離的主意……好累人啊！

尾隨著在他身後，我們來到一條Y字型的岔路。

雖然方向大致上都與我們預計的差不多，但是左邊那條路看起來又小又窄，幾乎快被茂密的樹林擋住了，猜想應該是誰闢出來的小暗道。

右邊那條路，一眼就能看見遠處的寬敞無阻，而且有許多腳印與馬車輪的痕跡，看起來安全多了。

況且……左邊那條路，旁邊有塊斷掉的木牌，我撿起來看，發現上面畫著毒蛇猛獸、外加骷髏的標示，雖然不知道那條小路裡曾經發生何事，但已經夠讓我對它退避三舍。

「走吧。」

「嗯。」我想都沒想地將牌子放回原地，打算走右邊那條路，他卻毫不猶豫地經過我眼前……

頭也不回地走向那條充滿危險的小路！

「等等！」我一愣，趕緊拉住他。

「啊？」

看他一副不解的樣子，我趕緊指向右邊的康莊大路，「請問不是應該走那條路才對嗎！那牌子上寫著左邊那條路有毒蛇猛獸出沒啊！」

「只要能找到黑色據點都行吧？」

我被問得啞口無言，「是沒錯……」

「那就走吧。」男子跨著大步向前走，揮開交錯的藤蔓，彎腰避開生長低矮的灌木叢及樹枝，「毒蛇猛獸？很有趣啊。」

聽到他哼起走音的小調，我在原地愣了十秒之久。

——我根本找錯人了啊啊啊！

「再不走就把你丟下了。」男子丟下這句話，繼續往那條詭異的小路深入。

眼看再這樣下去就會走散，我懊惱地看了一眼與我無緣的安全大路，又回頭看男子的身影已經快消失在茂密樹林中，「等等我！」掙扎了一會兒，我也只能硬著頭皮追了上去。

闖入森林，微涼的芳香氣息將我包圍。陽光透過樹蔭，在地面落下深淺不一的圓點光影，充耳只聞腳步掠過草木的沙沙聲響。

我們目前所走的，稱它為路實在有點說不過去。地上偶爾殘留著野生動物的排泄物與蹤跡，此路恐怕已經很久沒人使用，搞不好真的會碰上猛獸。

我故意把腳步弄大聲點，好嚇跑附近的動物。

閒適的環境，但我卻一點都感受不到內心的平靜。牌子上的警告標示已經先入為主，害我疑神疑鬼的，步伐都被拖慢，好幾次都差點被男子丟在這種叫天天不應、叫鬼鬼不靈的荒郊野外。

「欸。」男子出聲。

以為他突然想改走比較安全的路，我喜出望外地抬頭，「什麼？」

「你身上有吃的東西嗎？餓了。」男子看我斜揹在身後的背包，對我伸手。

在為他的厚臉皮感到不可思議的同時，我發現他的眼睛視線又停在我掛在腰間的劍上。因為他上次已經有自殺未遂的前科，我稍稍側過身去，好將劍擋著，不然再多來幾次，我的心臟會受不了。

我將背包拿下來翻找，並且將所有麵包都遞給他。

他毫不客氣地收下，馬上就塞進嘴裡嚼，臉上的表情依舊沒有多餘的變化，不過吃東西的速度很快，我一日份的麵包三兩下就被他吃光了。

總覺得他看起來……和一般人沒什麼不一樣，怎麼會有如此奇能？

話說回來，他為什麼會這麼想「受傷」？以我們常人來說，如果刀槍不入，怎麼摔倒碰撞都沒事的話，根本就是神一般的境界，可以說是求之不得，怎麼還有人傻到會想讓自己挨疼？

「……你什麼時候發現有刀槍不入的能力？」我遲疑了許久，還是忍不住問了。

男子將最後一口麵包吞下，抹掉麵包屑，「不知，從有記憶以來就是如此。」

「咦？」我愣愣地眨眼。

「信不信隨你。」男子的口吻變得冷漠起來。他垂下眼簾，滑過樹林的微涼輕風掃過，黑髮隨風飄逸起來，他的神情浮現些許落寞，「……或許，我和別人真的有點不同吧？」

不，這應該不是「有點」吧！根本開外掛啊！

男子凝視著前方的山中小徑，微微瞇起眼，「氣息不太一樣，似乎就在前方……走吧。」說完，便逕自往前邁進。

氣息？可是我什麼也沒感覺到啊……我困惑不已，但看他走得這麼果斷，我也只能加快腳步追上去。

我們走在綠意盎然的樹林之中，越往深處走，路越狹小。

我撥開樹枝，就算是再小心，衣服與皮膚幾處還是被刮破。但他速度不減地逕自往前走，身影被綠海包圍。

望著他的背影，總覺得他渾身上下散發著一股難以接近的冷漠氣息。言行舉止都擺明了不想與任何人有交集，但偶爾又不經意地露出孤獨的味道？實在很矛盾。

男子突然駐足，回頭看著我，指向前方，「是這裡吧，死亡之地。」

「？」我加快腳步追上去，抬頭。

前方本應是如同周遭那樣祥和的綠色森林，但映入眼簾的，卻是綠意中突兀的灰色死地。花草樹木全都死透，花朵枝葉委靡不振地癱軟在土地上，樹木們甚至腐爛且折斷。生與死的分界如此清晰，就在咫尺不到的距離。

空氣中除了難聞的腐朽味之外，還飄著一種不祥的氣息。

雖然之前就聽說過是怎樣的狀況，但是當親眼看到的時候，心底還是受到不小的震撼。

那味道實在難聞。我屏息，加快腳步走出樹林小徑，穿過惱人的矮樹叢，來到一片開闊的林中空地。想到離危險的黑色據點那麼近，我的手心不自覺地發汗，視線小心地掃過前方死林。

黑色據點應該會在死亡之地的正中央……

我謹慎地移動腳步，慢慢地放眼望去，果真看見有個輪廓不規則、大致呈現橢圓形狀的黑色漩渦飄浮在死林中央，周遭飄散著生人勿近的詭譎氣氛。

聽說黑色漩渦通往另外一個平行空間，而那個空間是由守護者所創造。踏入黑色空間的人除非擊敗守護者，否則將會永遠受困在迷宮之中……

光是想到這，我的背脊掠過一陣寒，盯著逆時針的黑色漩渦發怵。

真的……要進去？

「發啥呆？」男子毫無畏懼地經過我身旁，迎向黑色據點的入口。

看著他果斷的腳步，我不禁一愣。

「等──」在我還未告訴他據點的風險之前，他便伸手去觸碰那逆時針旋轉的黑色漩渦，整個人倏然消失，顯然是被吸入另一個空間去了！

天啊！他怎麼老是那麼衝動！

我趕緊邁步追去，但眼看這詭異的大門就在眼前了，面對未知的恐懼，我猶豫地放慢腳步，「真的要……唔！」卻不小心踢到一旁倒塌的枯樹，腳下一空，我閉眼，一頭栽進漩渦之中。

◆※◆※◎※◆※◆

穿過漩渦，我順著力道趴在柔軟的……地面？

「咦？」我愣愣地張開眼睛，發現眼前是一片紫色嵌花的厚厚絨毯。我坐起身，抬頭上望，發現哪還有森林的影子？

這是一座內部幽暗、古老，而且充滿神秘氣息的大房子。

前方只有一條看似筆直，卻望不到盡頭的寬敞走廊，而挑高的天花板垂掛著金色的吊鐘花吊燈，深紫色的牆壁上掛著幾幅畫，裡頭大多都是一些水果、寶物等等的靜物繪畫。

左顧右盼地走著，我發現有東西堆積在不遠處的走廊兩邊，在不太明亮的燈光照耀下依然閃閃發亮，在黑暗中顯得更加顯眼。

「那是……」

我起身，朝那地方走去，當距離靠近，卻驚見這些發亮的東西全是一堆閃瞎人不償命的金幣、寶石等等的寶物。而且這些東西像是免費的一樣，隨意地堆疊在走廊兩邊，一直蔓延沒有盡頭！

生長在富裕家庭，金銀財寶我不是沒有見過，但眼前這堆寶物隨便擺放著的奢華景象，我不禁看傻了。

「……無聊的東西。」男子絲毫不在意地踏過黃澄澄的金幣堆，逕自朝走廊深處慢步走去，腳下卡卡作響。

他這舉動又使我一愣，沒想到這個人比我想像中還要不食人間煙火，居然如此豁達！相較之下，我卻會被這種膚淺的東西所魅惑，真是糟糕透了。

對他的正面評價上升，我正想加緊腳步追上時……卻發現剛才那不食人間煙火的傢伙蹲在地上撿金幣！

我臉色鐵青地站在原地，看他拿了好幾枚金幣往袋子裡塞。

「……請問，『您』現在是在做什麼？」

「撿錢。」

「不，我的意思是……剛才你不是才說這些是『無聊的東西』嗎？」不可否認，我的嘴角忍不住抽了一下。

「我是不明白寶物的價值。只是有這些東西的話挺方便的。上次掉了幾個銀幣，找麻煩的人撿走就跑了。」男子站起身，將一枚金幣塞入已經快漲破的口袋，仍舊是那副不知道在想什麼的臉，「我聞到危險的味道……這地方真的挺有趣的，走吧。」

說完，他像沒事人似的繼續向前走，留我無言地愣在原地。

我……現在可以回去嗎？不過看到滿地那麼多金幣，我想著，不如撿一枚回去做紀念，便隨手拾起一枚金幣，卻聽見不尋常的聲音。

「鏗鏘鏘——」

「？」

我回頭，見後方似乎有幾個金色發亮的東西，在紫色的絨毯上迅速移動。這移動的方式讓我覺得有點眼熟，雖然體形看起來有點大……而且腳的數目似乎有點多？

當距離更近些，我終於看出來那是什麼。

竟然是渾身金光閃閃的蜘蛛啊！

「寶物……寶物寶物……」

身上貼滿細小金塊的蜘蛛們發出奇怪的聲音，我可以看見那兩顆不成比例大的紅寶石複眼上映著我愣住的表情。

——天、天啊！我還沒有真的和魔物交戰的經驗啊！

我手忙腳亂地拔出劍，但眼角卻瞥見男子頭也沒回地繼續走著，似乎根本沒發現我沒跟上。這下可好了，只能靠自己了！

「寶物……寶物寶物……」

蜘蛛們將我包圍。這看起來全身礦石的生物似乎有一定的智慧，牠們搖首頓足，似乎是在打量我？

在這種陰暗的鬼地方，碰上一整群大小至少有一公尺的魔物，這是誰也不樂見的，更何況某人根本不顧隊友！

魔物看起來很硬……這到底該砍哪裡才好？果然還是逃吧……當我還在盤算該往哪裡走時，身體突被纏住，一陣力道從我膝後襲來，「哇！」我失去重心往後跌，卻坐在硬物上面。

我愣愣地低頭，驚覺我被蜘蛛吐出的金絲捆綁，而好幾隻黃金蜘蛛將我抬著走！

「寶物寶物……發現寶物……喜歡喜歡……」

蜘蛛們搖搖晃晃地抬著我往後方的走廊走。

「放開我、我不是寶物啊！」我試圖掙扎，無奈這金絲捆得可緊了，我的雙手雙腳根本動彈不得，「救命——」無奈又恐懼之下，只好不顧形象，扯開喉嚨呼喊。

「刷！」

一道黑色的影子掠過我眼前，緊接著就是一抹刀光閃過。

我身邊的蜘蛛剎那間散成碎片，寶石、金塊閃爍著光輝，灑散而下，身邊彷彿下起了一場奢華的夢幻大雨。

「哎喲！」只是當我被甩在地上痛得皺眉時，白日夢馬上就清醒了。

反射性想撐起身體，卻無法辦到，這才想起自己被捆綁了。

「別亂動。」

聽見男子的聲音，在同一時間，我眼前又掠過幾道光影，感覺有陣風咻咻掃過皮膚，接著身體就能活動自如了。

低頭一看，身上的金絲已經被解開，鬆垮垮地癱在地上。

「謝……」感激他出手相救，但當我抬頭，卻見他面無表情，手持著一把渾身漆黑的長劍，看起來銳利無比。

剛才滿腔感動的心情瞬間冷卻下來，聲音忍不住顫抖，「你……剛才用那把劍對著我揮……？」

「是啊。」男子一臉無所謂地回道，好像覺得全世界的人跟他一樣不會受傷。

「……沒事。」慶幸自己手腳仍健全，我悻悻地站起身，怎麼突然覺得這神秘的夥伴比魔物還可怕，「不過那些魔物是怎麼回事，明明全是寶石卻能自主行動……」

我看著地上蜘蛛殘斷的腳，裡面是中空的，完全沒有生物的血肉成分。

男子聳肩，看見什麼似的盯著前方走廊，說道：「也許是魔力驅使吧？」

但我對於他手上那把不知從哪來的劍比較好奇。

那把劍通體漆黑，但靠著不太明亮的燈光，我似乎看見劍身邊緣勾勒著銀白色紋路，而且周遭的空氣微微扭曲著，好像有種莫名的力量……

「沙沙沙……」

「來了。」男子低聲說。

「？」我抬頭卻見男子背對著我。而走廊那方，傳來了奇怪的沙沙聲響，我看過去，竟見有許多紅色的眼睛在走廊暗處亮起……那金光閃閃，又細又長的腳令我心底一麻，我不禁驚呼：「又是蜘蛛！」

蜘蛛們以飛快的速度趕過來，三兩下就將我們包圍其中，連天花板、牆壁也都是牠們的身影。

這次，牠們不再像剛才那幾隻那樣打量我們，而是伏低身姿，蠕動口器，不斷發出警告似的喀啦喀啦聲。我猜想是不是因為擊倒牠們的夥伴就會招來攻擊，否則牠們怎麼會衝著我們來？

不過沒關係，只要有他在的話……

才這樣放心地想，悠然望過去，卻見男子一個甩手，那把漆黑色的劍瞬間消失無蹤，面對這些蜘蛛大軍，還一副老神在在地漫步迎向牠們啊！

我不禁傻了，問道：「你在做什麼！」

男子一臉平淡地回頭，「我只是想知道，被蜘蛛綁架是怎樣的感覺罷了。只有你有過，太不公平。」說完，他竟然就這樣席地而坐，跟著蜘蛛大眼瞪小眼，結果反而是蜘蛛退了幾步。

——這跟公平不公平沒關係吧！

「不行、會有危險啊……咦？」想上前去把他拉走，卻突然感到我的腰被東西捆住，愣愣地回頭，驚見有隻大蜘蛛的頭部在我身後，距離我的臉非常近！我被那細緻過頭的猙獰輪廓嚇出一身冷汗。

下意識揮劍朝牠的頭部砍去，鏗鏘一聲，竟然就這樣輕鬆地削去牠的頭部，當頭部剝離身體的瞬間，牠整身都喀啦散了架，一塊塊的寶石碎落一地，化為死物。

第一次親手擊敗魔物，心底有說不出的欣喜感。

「寶物……寶物……發現寶物……」

感到雙腿、手腕有熟悉的力道在拉扯著，我心中的喜悅瞬間消失殆盡，愣愣地低頭一看，才驚覺自己身上又多了好幾捆金絲，再度變成動彈不得的狀態。

「咦？」感到有陰影逼近，我一抬頭，見到好幾頭比我高的大蜘蛛飛也似的衝向我，將我推上其他蜘蛛的背上，並且開始移動。

才一個小小的鬆懈，我竟又被綁架了！

「那位先生——」正想向男子求救，在緩慢移動的視野中，卻發現一整群的蜘蛛圍著他咬，這可怕的畫面嚇出我一身冷汗，「你沒事吧！」沒想到我都被綁架了還得擔心他。

身上爬滿了大大小小的黃金蜘蛛，男子沒回應我，一臉淡定地任由蜘蛛們啃咬。詭異的是，他毫髮無傷，反而那些前來攻擊他的蜘蛛們口器整個毀損、掉落。

「嗯，仍然沒感覺啊。」男子嘆了口氣。

「天啊……」我瞠目結舌，都忘記要掙扎。

「食物……發現食物……食物……」

蜘蛛們對男子吐絲，因為他壓根兒沒打算要掙扎的意思，乖乖地坐著不動。一大群蜘蛛同時對他吐絲的結果，就是他整個人被金絲捆得密不通風，瞬間變成一個金色的繭。

「嗯？天黑了？」男子的聲音聽起來一點也不緊張。

蜘蛛們合力將他推到其中一頭較大的蜘蛛身上，大蜘蛛揹著他追了上來，與扛著我的蜘蛛們前往同個方向，看來目的地一樣。

「嗯，不錯，有危險的味道。」

都被捆成這樣，他居然還有閒情逸致講這種話，我不禁抹臉……不，現在被綁住也無法抹。

他明明有實力將那些惱人的蜘蛛趕走，但竟然為了體驗危險而做出這種行為，再一次覺得自己當初找他來是錯誤的選擇，可後悔也來不及了啊……嗚嗚嗚……放我回家啊啊！

「返回……巢穴……巢穴……」

蜘蛛們扛著我們，走向廊道深處。

已經努力掙扎好幾次都無效，就連握在手中的劍也被金絲纏個緊實，最後我認命了，只能暫且看看這群蜘蛛到底想做什麼……不過，牠們應該是不會吃了我們才對吧，不然早該動手了。

相信只要真正遇到危險的時候，那個人一定會明白該認真了吧？

……希望如此。

第四章
金幣兔的逆襲

蜘蛛們宛如隨從般緊跟在後，整條走廊上的牆面或天花板，密密麻麻都是蜘蛛，不管大小蜘蛛，牠們身上都揹了許多金銀珠寶，不知道到底要搬去哪裡。

頭有點暈，因為被這群蜘蛛像貨物一般搬運，又是以面朝下的方式，搖來晃去實在很不舒服，為了能看到前方的狀態，我得死命抬起下巴，脖子其實非常難受。至於男子的狀況如何，我根本看不出來，畢竟金絲已將他的臉都遮住大半，但可以肯定的是，他根本沒想過要掙扎，安分得像尊木乃伊。

穿過這條長長的走廊後，揹著我們的蜘蛛駐足，轉而面向一個擱置在石牆上的少女石膏像前。後頭緊跟著的小蜘蛛們也乖乖地停下來等候。燈光映照著眾多不動的蜘蛛，有種詭異的感覺，宛如某種儀式。

「……？」四周突然靜下來，害我有點緊張。

在幽暗的走廊裡，大蜘蛛以紅寶石組成的複眼閃出紅光，而血紅色的光芒映照在少女石膏像上頭。也許是感應到了光，石膏像自動朝著右方挪開，而後頭那堵石牆竟然向上收起。

「轟轟轟——」

石牆伴隨著轟轟悶響而大開，映入眼簾的是一座通往地下道的石製樓梯。這隱密的空間裡除了樓梯之外，就只有兩個相對的天使石像，雙手掌心中捧著一個橘紅色的光球，幽幽照亮著空間。

「這是……密室？」我不禁愣了一下，看來我們誤打誤撞，似乎找到了隱藏的秘室，「難道這是迷宮類型的據點？」但是想想，剛才進來的時候只有筆直的一條路，實在不太像迷宮。

根據了解，黑色據點會因守護者不同而大相逕庭，包含了解謎、戰鬥、迷宮等等五花八門，有些攻破難度非常高，而有些則相較之下輕鬆很多。在真正進入據點前，誰也不知道會遇到什麼樣的挑戰。

不過相同的是，無論挑戰是什麼，守護者一定都是難纏的對手，而且擁有強烈的黑暗屬性，據說都是惡魔的手下。

也許……這底下就是守護者的藏身之地？

蜘蛛們井然有序地接續下樓，輪到揹著我的蜘蛛也跟著走下去。這樓梯大小差不多就是大蜘蛛揹著貨物還能勉強下去的高度。我的頭距離天花板非常近，我得時時縮起脖子，才不會撞到天花板。

沒一會兒工夫，樓梯就快走到盡頭。我發現出口那方有著奇異的金色光輝。這光芒恰巧與樓梯間的灰暗形成強烈對比。

蜘蛛們走向出口，當踏上地底，映入眼簾的景象令我大吃一驚。

廣大的空間彷彿無邊無際，放眼望去是綿延不絕的金色山坡，閃著驚人的光輝。瞇起眼睛，仔細一看，這才發覺金色的東西全都是黃澄澄的金塊、金磚、金幣，其中花花綠綠的小點，竟然是一顆顆彩色的寶石。

各式各樣的寶物堆疊著，我不禁看得眼花撩亂。

不過，除了這些寶物外，更多的蜘蛛，甚至是根本沒見過的魔物也在其中徘徊。牠們渾身金光閃閃，也是由寶石變成的怪物。要是牠們不動，根本與背景融成一體。

突然重心傾斜，「噢！」我以臉著地的姿勢落在金幣堆中，耳邊鏗鏘鏗鏘作響，雖然不痛，但是著實嚇了一跳。

還困惑為何蜘蛛拋下我，隨即瞥見另外一隻大蜘蛛抬高前腳，將被捆成繭的男子推下來，他著地的方式似乎跟我差不多。

卸完寶物，蜘蛛們陸陸續續爬上樓梯離開，將我們和新一批的寶石留在這座金銀之山中。

不知道是否是因為我們已經沒有威脅能力還是怎樣，就算附近有魔物徘徊，也完全不把我們當一回事。

「這些東西到底是從哪來的……太不可思議了……」眼睛還無法適應這燦爛光芒，我喃喃地說著，但看著這捆得牢固的金絲，實在束手無策，「難道牠們把我們當成寶物……？不對，剛剛好像有聽到食物這兩個字。」

這樣想著，我不經意望向金色的繭。

……食物？這些蜘蛛到底是怎麼區分的？

金色繭蠕動起來，只不過這樣稍微動個幾下，以金製成的絲線居然就整整齊齊地斷成好幾節。

男子若無其事地拍掉這些斷掉的金絲，陰沉著臉道：「就這樣？真無趣。」

……居然連這個都對他無效啊！

強忍著嘴角抽動，為了避免從此被忘在這裡當成人乾，我只好出聲問：「可以麻煩……幫我解開嗎？」

「麻煩。」男子低聲咕噥了一句，朝上的右掌心凝聚紫黑色的光芒，只見他隨手一揮，那把神秘的漆黑色長劍又出現在他手中。

眼看他面無表情，就要將劍往我身上揮，驚出我滿身冷汗，「等——」話都還來不及說完，眼前掠過幾道劍影，風掃來，捆綁的感覺一下子就消失了。我戰戰兢兢地睜開眼低頭一看，金絲果然俐落地被斬斷……恢復自由的代價就是手還抖個沒完。

男子又將劍收回，而我下意識摸一下身上有沒有少塊肉還是噴血，確定一切沒事之後，我這才大大地鬆了口氣。

還是快點拆夥吧……和這個人在一起就算不出事，早晚也會被嚇死。

「嘰嘰——」

聽見周遭傳來昆蟲們尖銳的叫聲，我抬頭張望，發現附近原本只在散步的寶石魔物們頓時停下腳步，一個勁地全往我們這邊盯著看。

就像……發現獵物那樣！

我不禁退開幾步，「……剛剛明明沒反應，怎麼現在突然……」

「一起來吧！」男子毫不猶豫地敞開雙手，迎向魔物們。

——這人有病啦！

「快走！」我可沒有餘力對付這些多如牛毛的魔物，趕緊上前抓住他的右手腕，想將他拉走。

「別礙事！」

「噢！」

沒想到他看都沒看一眼就把我推開，金幣堆很難踩穩，我一個不小心就這樣從金色山坡上滾了下去。

耳邊充斥著鏗鏗鏘鏘錢幣碰撞的聲響，滾落的速度太快，我伸手亂抓也抓不到東西，最後斜坡終於緩了下來。跌個七葷八素的我躺在金幣堆中，周遭的寶物嘩啦啦地蓋在我身上，但視線沒被阻隔。

還好並不太痛，「唔……對了！他呢！」我身上纏著許多珍珠與寶物項鍊，沒時間撥開，趕緊從金幣堆中站起身來，往山坡處仰望。

果然又看到驚悚的畫面——男子被一群魔物包圍，魔物們密集且一起蠕動的樣子令我頭皮發麻。雖然看不到他現在人怎樣，但魔物們同時對他發動攻擊，不管怎麼看都不是件好事。

得去幫他不可！

我先拔劍，然後一路衝上山坡。但金山堆疊得太過鬆散，施力點不容易抓，因此我花了好大的力氣才終於爬上去，滿身大汗。

那群魔物將男子包圍得密不通風，遠遠看去宛如一顆金碧輝煌的寶石球。一隻隻魔物細微挪動的樣子使我感到渾身發癢，就像有無數螞蟻在爬。

「喝！」我猛力朝著這堆魔物揮劍，沒想到鏗鏘鏗鏘響個幾聲，寶石魔物輕易地散了架，碎片七零八落地撒了一地。雖然不堅固，但是牠們的數量實在太多，砍都砍不完，擔心他的狀況，我大喊：「你沒事吧！」

可是魔物們嘰嘰喳喳的聲音實在太吵，說實在我也聽不到他是否有所回應。

「不會出事了吧……」我喃喃自語，卻發現在魔物團聚的巨大圓球中心，有紫黑色的光從縫隙透出來？

「糟了！」意識到魔力波的時候，我趕緊就地趴倒。

魔力波狂掃，魔物群向四處震飛，脆弱的身體在空中碎散成小碎片。為了不被吹走，我拚了命地壓低身姿，可以感覺到無數東西掠過身邊的些微觸碰。當風漸小，鏗鏘鏘的聲音總算是緩了下來，我抬頭，天空墜下無數的寶石碎片，落了滿地。

我看向原處，發現魔物們統統都不見了。而以他為中心半徑約五十公尺左右的金黃山坡狠狠地凹出一個大坑，很顯然原本的寶石全都被風掃到旁邊去了，堆得好高。

而他，依舊毫髮無傷地站在原地。

雖然他面無表情，但總覺得我開始可以讀懂他的眼神……嗯，充滿不悅。

「……一群沒用的東西，嘖！」他瞥我一眼，不知為何，總覺得他的眼神帶有怒意，不知道到底是遷怒還是怎樣，連我都有事。

「吱吱……」

身體有一半被埋在金幣堆裡，我掙扎著想爬起來，卻聽見細微的叫聲伴著腳步靠近。我手忙腳亂地推開金幣，起身後，視野一變高，我看見在附近徘徊的寶石魔物又開始朝我們這邊聚集而來！

眼看十幾隻的魔物以驚人之勢朝我飛奔而來，偏偏我的劍落在遠邊，眼看就將被衝撞，我絕望地抱頭。下一秒，無數的腳步轟轟作響，風掠過我身邊，「……欸？」發現自己根本不痛，我愣愣地回頭。

卻見怪物全都圍向男子，經過我身邊的魔物看都不看我一眼，彷彿我根本就不存在似的！

「怎麼回事？難道牠們認為我沒威脅性……」我挫敗地抱著頭，當瞧見掛在身上的金銀珠寶，恍然大悟，「等等……我記得一開始牠們也沒攻擊我們……」

一開始，我們被金絲捆綁並且被運來這裡。在金絲解開之前，周遭的魔物對我們視而不見，但一解開後，我們馬上遭受攻擊。明明現在我和他距離這麼近，但魔物無視我……

難道說……

「把珠寶掛在身上！」眼看魔物就要逼近男子，我抓起一把珠寶，對他喊。

「不屑。」男子面對魔物大軍襲來，依然站得穩穩的，他召喚出漆黑色的長劍，已經擺明了要大開殺戒，「弱小的魔物，統統消失吧！」一揮劍，漆黑色的劍氣掃向前方一排魔物，牠們的身體瞬間破碎。

唔、雖然我知道他很強沒錯，但這樣下去沒完沒了……

因為我發現，剛才被擊倒的魔物雖然變成碎片，但過了幾分鐘之後，碎片又開始不安分地抖動，轉眼竟又重組成新的魔物，加入戰鬥。也就是說，到頭來魔物數量根本沒有減少，永遠也打不完，我們只是在浪費體力罷了！

但男子似乎沒發現這點，他一直對著魔物洩恨似的猛揮猛砍，我不敢貿然接近。別無他法，我抓起腳邊一大把珠寶，朝他飛奔過去，藉著平常躲避他人的敏捷腳步，閃過身邊的魔物群，「接住！」

大喊一聲的同時，我將手中的那些珠寶拋到他身上。專心凌虐魔物的男子停下腳步，挑眉看了看自己身上的珠寶，眼神擺明了就是不悅。

就在男子身上多了寶物的庇護之後，那些魔物果然瞬間失去攻擊的動力，又恢復當初那無所事事徘徊的模樣，壓根兒不管我們兩人的存在。

看到這，我不禁鬆了口氣，「呼……太好了……」

「嘖，真無趣。」男子伸手意圖要拿下身上的珠寶。

「——別拿下來啊！」差點忘記他有被害飢渴症，要他戴著能避免危險的珠寶絕對不可行。

我趕緊轉移話題，「對了！我們是來這裡找守護者的吧！這裡如果是隱藏空間，那守護者應該就在附近了！」

男子似乎有了興趣，眼睛為之一亮，果然真的忘了身上的珠寶，「嗯？」

呼……太好了……只要他不要再暴衝，我就謝天謝地了。

……怎麼突然覺得自己變成保母了？

男子爬上更高的山坡，眺望著，「守護者在哪？我沒感到更強的魔力。」

「嗯……我聽說守護者所在的地方，會是『該地屬性最強烈』的地方……」我放眼望向這奢侈的金山銀山，漫不經心地喃喃說著，「照理說應該就在附近了……」突然眼角瞥見有某個地方好像格外閃亮？

反射性地往那方向望去，卻發現一個驚人的東西。

在一片金色海蔓延的寬闊空間中，我的右斜前方視野找到一個至少有半層樓高的巨大紅色寶箱……上頭鑲嵌著好幾環閃閃發亮的各色珠寶，而且附近完全沒有魔物。

或該說，魔物自己繞道，不接近它。

雖然我沒有什麼感知魔力的力量，但那東西紅豔豔的實在太顯眼了，就算想忽略也很困難。

……難道是守護者？

「嗯？還有有趣的東西嘛？」男子似乎也發現了那東西，二話不說地溜下金山，大步朝著那個可疑的寶物箱前進。

「等等！」怕他又惹是生非，我趕緊跟了上去。

我們身上掛著金銀珠寶，與我們擦肩而過的魔物都對我們視而不見。我悻悻地回頭，確定牠們不會突然襲來後才大大地鬆了口氣。而他一個箭步走向大紅色寶箱，搓著手，似乎打算現在就打開。

「等等、那可能是守護者啊！」

「嗯？是喔。」

「至少也先備戰——」

但男子根本不聽我說話，兩手一翻，將寶箱打開。

——天啊！

我嚇得差點心臟麻痺，忍不住退開兩步。

但幾秒鐘過去，什麼事情也沒發生，「欸……？」我小心翼翼地朝箱子的方向探頭看去。

卻發現哪裡有什麼守護者？寶箱裡面除了一隻粉紅色的、圓滾滾的胖兔子縮在裡面之外，根本什麼也沒有！

而且，那隻兔子從寶箱的暗處盯著我們看。

牠實在太胖，又把手腳縮起來，看起來像氣球一樣圓滾滾的，而一雙眼睛是純金色的，閃耀無比，一開始還以為是誰把金幣貼在牠的眼睛上……不過牠眼皮半閉，表情好像透露著不悅的情緒？牠抖動著長耳朵，在寶箱裡面趴著，懶散地望著我們……好像下一秒就會睡著那樣。

「……」兩人一兔陷入沉默之中。

唔，粉紅色的兔子，我還真是頭一遭看到……

話說回來，牠與其他魔物不同，難道會是守護者？

雖然聽說過黑色據點裡的魔物、守護者，類型都會不一樣，但會出現這種看起來毫無殺傷力、充其量只是吉祥物的東西，還真是意外中的意外……不，這或許對我來說簡直就是天上掉下來的禮物！

我不動聲色，用眼角看男子，「牠應該是守護——」

「給兔金幣。」

一陣不知哪來的低沉嗓音傳來。

「……？」聲音一下就停了，我在附近掃描一圈，沒看到任何可疑的東西，卻瞥見男子盯著粉紅兔子不放，我不禁一愣，「該不會……」

卻見男子毫不猶豫地從口袋裡拿出所有的金幣，捧在兔子眼前。

欸，那冷冰冰的男子臉頰居然有紅暈？

兔子一看到金幣，雙眼簡直要射出兩道金光了，但不知怎的，當牠閃耀的眼睛抬頭望向男子之後，突然瞪目豎眉，伸出右前爪啪的一聲，將金幣全砸向男子臉上。

我不禁傻眼。

「俺不要啦！」兔子毅然甩過頭去。

「……」男子默默地摸著額頭，怎麼感覺有股陰氣在旁邊飄？

粉紅兔再次擺出那張欠錢臉，用不符合可愛外表的低沉嗓音大叫：「給兔金幣！給兔金幣！」

發現那隻兔子好像是在瞪我，我尷尬地在口袋裡面摸了摸，找到了當初隨手放進來的一枚金幣，很怕被牠打臉，我小心翼翼，露出平時訓練良好的笑容，並將金幣遞給牠，「一點小小意思……請收下。」

胖兔子伸長脖子聞了聞我手上的金幣，二話不說就以前肢將金幣捧在懷裡，瞬間綻放出陶醉的可愛表情，「金幣——」牠突然從箱子裡跳出來，長長的尾端是稜形的藍寶石。

「兔子喜歡你！」牠撲進我的懷抱裡，就連聲音都瞬間高了三個音階。

牠太重讓我抱不太起來，但牠拚了命地用臉蹭著我，我不忍心推開牠，「可以麻煩……」眼角卻瞥見剛才被金幣甩臉的男子臉色陰沉地盯著不知大難臨頭的兔子，喀啦喀啦地折著指關節。

我突然有種不祥的預感。

「等、等等——」

「砰！」

男子根本不聽我的阻攔，他一個舉拳，想都不想就將撒嬌中的兔子一拳揍飛，我能清楚感到可怕的風壓從我頭上掃過，我前額瀏海都被吹開了。

「金幣——！」

兔子順著風一路滾到旁邊去，倒地不起。

看牠這樣可憐的模樣，我也為牠不平，「你為什麼要欺負牠啊！」

「哼，貪婪的畜牲，該懲罰。」男子別過臉去，聲音冷淡到了極點。

雖然搞不懂到底是怎麼回事，但總覺得……他好像是在吃醋？

此時，趴在金幣堆上的粉紅兔子抖了抖垂下的耳朵，扭動著短腿，緩慢地坐起身來，肚子上的肥肉形成游泳圈。牠沉默了半秒後，又是那超低音頻的聲音，「……竟然膽敢欺負兔子……」

這時，以兔子為中心的地面上浮現黑色的魔法陣，黑影蓋過片地金光，其中有疑似黑色的雷絲在閃爍。

不尋常的風颳來，我下意識遮掩頭部。

「哼，竟敢用這種邪惡的模樣偽裝……受死吧！」男子召喚出手中的漆黑長劍，目光凜然地瞪向黑色魔法陣中的兔子，一個箭步衝了過去。

而粉紅兔子的身軀在魔法陣中不斷變大，身形等比例擴張，沒一會兒工夫，牠居然已經有五、六公尺高，身上的毛皮變化成黑色，胸口浮現紫黑色的五芒星惡魔印記，額頭上有疑似星星的白毛。

這兔子瞬間成了可怕的野獸！

我抬頭仰望著這頭巨獸。那壓迫力十足的體形，使我心底一震。天啊……這到底是什麼東西！

「金幣——！」巨大化的兔子目光凶狠，一隻兔掌毫不猶豫地掃向男子。

男子雖以劍阻擋，卻仍被強大的力道推得滑行幾公尺遠，滑過腳邊的金幣噴起，鏗鏘有聲。

我發現附近的魔物紛紛逃竄，轉眼間，黃澄澄的山坡上看不見半隻寶石魔物。

「金幣！」兔子猛地搥胸，咚咚的惱人聲響在空間內迴盪。

那聲響令我感到不適而摀緊耳朵，卻瞥見那隻巨大兔子附近又出現零星幾個較小的黑色魔法陣，而中心浮現出幾隻體形較小，可外形幾乎和牠一模一樣的兔子。這些兔子渾身散發著金屬的光芒，眼睛是紅色水晶，閃爍幽光。

「……魔法傀儡嗎？」不知道那些小東西有何作用，我拔劍備戰。

「金幣金幣金幣——」小兔子們叫囂著，一蹦一跳地衝了過來。

來了！我盯著這群金屬兔子迎面衝來，下意識握緊手中的劍柄，想起之前武術指導課所教的——必須沉著地尋找對方的弱點，並且要一舉擊破，眼睛不能眨……嗯！我已經做好準備了！

「金幣金幣金幣——」兔子們以驚人的速度掠過我身邊。

身邊有風吹動，我呆了半晌，「……欸？」

我回頭，卻發現金屬兔子全衝向男子那方向。牠們採用自殺式攻擊，衝撞的同時就引爆。而男子先是被炸幾次，又是毫髮無傷後，就開始怒砍這些小動物。被利刃切過的兔子慘叫一聲，身體裂成兩半化為黑煙，倏然消失。

——等等、為什麼連兔子魔物都忽略我啊！

「砰！砰！砰！」

滿頭霧水的我感到地面不尋常地晃動，我好幾次都差點站不穩。鬆散的金幣山坡嘩啦啦墜落，乍看之下好像流動的金色河流。

瞧見地面上的巨大影子，我愣愣地回頭，卻驚見一隻巨大的黑色兔砰的一聲，在離我前方數公尺的地方一躍而起，附近的金幣與珠寶都被這力道震得跳起來。錯愕的我眼睜睜看牠飛越過我頭頂後，光線才又重新灑在我身上。

我傻了半秒才回神，趕緊去追兔子，卻發現那隻黑色兔子朝著男子奔去。牠毫無防備地背對著我，現在是攻擊的好時機，我拿著劍朝黑兔子圓滾滾的屁股揮去，但只削下牠幾根毛。

「誰！」凶暴的兔子將頭扭過來，嚇出我一身汗。

近距離，我發現牠額頭上的那縷星狀白毛隱約透出一些黑色的影子？

「給你金幣！」兔子變出的一個巨大金幣就要朝我頭上墜下。

眼看半徑至少兩公尺寬的大金幣即將命中我，我只能閉上眼。

這時腳下突然一空，身邊一陣風掃過，隨後只聽到砰的一聲巨響遠去，還有物體鏗鏘鏗鏘墜落的聲音。我愣愣地睜開眼，原來是男子在千鈞一髮之際救了我！

「哼，你還挺有膽的啊？被金幣砸到不知道會不會死……」男子以公主抱的方式低頭看著我，話說到一半，咚的一聲，似乎有東西撞到他的後腦杓。然後他順著力道低頭，臉朝我逼近。

等、等等！在我尚未推開他之前，他竟然就這樣親了下來！

「……」我們僵硬了半秒。

——發、發生什麼事了？剛才那軟軟的東西……

男子停下腳步，將我小心地放下來，單膝跪地，「主人。」

我傻眼，當腦袋辨認出他說了什麼時，不禁驚呼：「啥！？」

「男女之吻為愛；同性之吻為忠。」男子恭敬地說著，彎下腰，牽起我的右手，親吻手背，「從今天起，您就是我的主人。我會不計代價守護您。」

——你到底是看了什麼奇怪的東西啊啊！

「……聽好，我沒要當你主人。還有，雖然我不知道你到底是從哪裡得到這種奇怪的觀念，但至少這邏輯不適用在現實——」

話未完，我驚見後頭的金幣兔又開始動作。現在可不是糾結那些東西的時候，「對了，我剛才看到牠白色毛那裡有黑色影子，有沒有可能是『魔法的出口』？」

所謂魔法的出口，就是變形魔法的弱點。變形魔法，顧名思義就是以魔力覆蓋外貌來改變外型，但這假面殼或多或少都有些破綻。高手會將其隱藏得很好……反之就會像那隻兔子一樣，大刺刺地露出來。

「可能。」男子瞇起眼睛，盯著那隻巨大化的兔子，「那傢伙像有仇一樣防我，不知主人您是否能暫且吸引牠的注意力，我再解決牠？放心，我絕不會讓您受傷。」他恭敬地朝我彎腰敬禮，說完就行動，而身後一票黑色的金屬兔子追著他。

看著那群像小玩偶般的黑色兔子匆忙地經過我身邊，我腦筋還沒轉過來，回頭看，發現那隻巨大兔子果然也追著他跑。

我不禁納悶，「引牠注意？」

這任務聽起來容易，但不知從何做起……話說回來，他從冷淡到突然對我這麼恭敬實在有夠詭異啊！

在苦惱該如何是好的時候，我發現不遠處的前方似乎有個體積龐大的金幣……雖然說上面有其他的珠寶、鑽石等物擋住它大部分面積，但露出來的部分圓弧已經透露了它的大小。

那個應該夠顯眼了吧！三步併作兩步飛快衝上前，我使勁把這個金幣抽出來，將它拿在手上，沉甸甸的……不過，這麼近距離一看才發現，這並不是金幣，而是一個純金的大盤子。

「……應該沒關係吧，遠遠看起來一樣。」我回頭看黑兔子的所在位置，竭盡所能地朝牠大喊：「嘿，來拿金幣！」並且高舉金盤子，左搖右晃好吸引兔子的注意。

兔子擱下腳步，凶惡的臉一看到這特大的金幣，馬上就變成閃亮亮的可愛大眼。

「金幣——！」牠以驚人的速度邁開大步朝我這方向衝來，沿途撞飛不少擋在前方的珠寶、魔物等障礙物，大地整個在晃動。

面對這麼巨大的胖兔子迎面衝撞而來的驚人畫面，我嚇得腿都軟了。若被牠撞到或踩到，絕對是一擊斃命啊！

眼睜睜看著兔子朝我飛撲而來，僅剩幾公尺的距離，我絕望地看著這龐然大物，牠身上的黑影重重地壓在我身上。

——完、完蛋了！

就在牠蹬腿即將飛撲過來之際，一道黑影自兔子後方閃現。男子踩著牠的身軀一路奔向牠的頸子，縱身一躍，在空中舉起黑色長劍，精準地插入黑兔子額前的白毛區塊，一道黑色的影子瞬間從中噴出。

兔子的前足停在我頭頂上空，身體像消了氣那樣越來越小、越來越小，最後變成原來的大小自高空中跌落，摔在我面前。我愣愣地跌坐下來，卻發現那隻兔子奄奄一息，身上的色澤逐漸變得暗淡，身體漸漸透明。

突然覺得牠有點可憐，我將金盤子小心翼翼地放在牠面前，「抱歉……」

發現盤子上映著奇怪的黑影，我愣愣地抬頭，卻驚見剛才從兔子額頭噴出的黑霧居然範圍如此廣闊，簡直要蓋過半邊天，而且黑霧中心似乎有一張笑得猙獰的臉，怪可怕的。

男子單膝跪地，雙手壓著插立在金幣堆上的黑劍。

「哈——哈哈哈哈！」黑影咆哮著，對著男子瞪大猩紅雙眼，「該死的傢伙、竟敢將我打出原形！我詛咒你！詛咒你下場跟我一樣——！」說完，黑影化為一枝黑色大箭，自高空筆直射向男子。

這次非同小可，我驚呼：「快逃！」

但男子眼神定定地凝視著箭矢，絲毫無懼色，就連劍都沒有舉到備戰位置。只見那枝箭矢就這樣命中他的前胸，剎那間迸出黑光。

但他，依舊毫髮無傷，我震驚不已地看著這一幕。

「不、不會吧……就連魔法都對他無效？」我這時發現，照理說應該是金幣山坡的寶庫背景，顏色竟然慢慢地淡去，而樹林的綠以及輪廓，則慢慢變得清晰……

我們轉眼間回到平靜的森林之中了。

回頭，瞥見兔子的身體變成一顆渾圓的黑色珠子。

「太好了、成功了！」我趕緊跑上前，拿起這顆隱隱散發黑色氣息的冰涼珠子，小心地塞入口袋裡，「謝謝你！要是沒有你的話……欸？」我抬頭，卻驚見他倒在前方的白色花叢邊，身上浮現奇怪的紫黑色紋路，而且臉色蒼白、氣若游絲。

「糟了！」我驚呼。

第五章
坦白

「大家！有人在嗎！」我將奄奄一息的男子放在公會前的矮梯旁，想要敲公會大門，卻發覺自己的手軟趴趴的，使不上力。

最後，我咬牙，抬起手重重地拍了門板幾下，累得跌坐在地上。

成功通過考驗，卻沒想到金剛不壞的他居然中了招，原本活蹦亂跳的人卻突然變成現在這副要死不活的樣子，真是嚇死我了。附近是荒郊野外，不可能會有人經過，我只好揹著他，努力把他搬回來求救，肩膀及腰都快斷了。

「誰啊，真是……」佛格斯咕噥的聲音隱約傳來，接著公會大門被打開。佛格斯一臉睡眼惺忪，低頭，看到我癱在門前而愣愣地張大眼睛，「欸、你是怎了！」接著又瞥見男子趴在地上，「哇靠、現在是怎樣！」

「我……」

「艾莉諾菈！快過來！這裡有傷患！」

我原本想努力坐起身來解釋一番，但佛格斯直接衝回公會，自然合上的門板還差點撞上我的鼻梁。

「傷患？在哪！」

「莉嘉也來幫忙——！」

艾莉諾菈及莉嘉從大門走出來。

「傷患……呀！」艾莉諾菈的紅色圓頭高跟鞋踏在我面前，隨即收腳。

她蹲下身，攙扶起我，「格倫先生，你還好嗎？哪裡受傷了？」

抬頭對上她關心的眼神，不知怎麼，我突然覺得身體好了大半，特別是她扶著我的手臂，肢體上的接觸讓我有點不好意思，「不，我只是有點累……是那位……」

正想說陪我去黑色據點的男子需要救助，卻突然感到一陣力道將我自艾莉諾菈身邊拉開。回頭，果然是佛格斯。他滿臉怒意地瞪著我，害我驚出一身冷汗。

「咳咳！」他瞇起眼睛盯著我，眼神有若有似無的暗示我趕緊收手。他看向那男子，「所以那傢伙……天啊！他該不會中咒了吧！」

艾莉諾菈及莉嘉驚呼，「什麼！？」

「莉嘉要看！」

「真是的、這可不是玩具呀！」

頭上趴著小貓的莉嘉二話不說跳過我，直奔向倒地不起的男子。艾莉諾菈見狀，從我旁邊繞過去，掠過我眼前的裙襬飄忽忽的……

「咳！」佛格斯非常刻意的咳嗽聲使我回神，瞥一眼，果然眼睛瞪得很大。

「看你這小子還挺活蹦亂跳的嘛？下次你再敢盯著艾莉諾菈的裙襬看，小心我讓你看不到當天的月亮！」佛格斯幾乎用鼻孔在瞪我，我尷尬地移開視線。

「麻煩請安靜點！」艾莉諾菈蹲下身子，細細地檢查在男子身上游移的紫黑色紋路，表情凝重，「好嚴重的詛咒……看來必須要好好治療才行。莉嘉，可以麻煩妳幫我把他送進聖臺嗎？」

「好！」莉嘉二話不說，兩隻手一伸，輕輕鬆鬆就將男子離地抬起，噠噠噠地衝進了公會大廳。

「那我先去忙一下了，請暫時別打擾喔。」艾莉諾菈進門前，匆匆給我一抹抱歉的微笑。但突然想到什麼似的又回頭，金色的蓬鬆長髮飄逸，帶著炫目的笑容對我們說：「我會盡力搶救的，可能有點費時……這段時間，你們就好好培養感情吧！」

說完，她順手關上大門，留下我和佛格斯呆站在門前。

就這樣經過幾分鐘後，我開始想辦法打破現場的靜默。

「……那個，這應該就是黑珠了……」我將背包裡的黑珠小心翼翼地拿出來，遞給他看。通體漆黑的珠子上頭隱隱泛著不尋常的流光。

佛格斯湊近珠子看，挑眉看向我，「哼，看不出來你這乾癟的傢伙居然還真能拿到啊？要不是艾莉諾菈一直唸個不停……看來也只能讓你加入了……」他咕噥著，隨手將黑珠收進自己的口袋裡，我有點在意該不該開口要回來。

「啥？」

掛慮男子，我消沉地說：「加入公會的事……不用了。」

我避開他的視線，「我沒有資格加入公會……這顆黑珠，若沒有剛才那位先生幫忙，我根本無法單靠自己一人就拿到手。」

想起之前發生的事情，遇到種種困難，都是因為有他在身邊才能一一迎刃而解。而他原本不需要面臨詛咒的危險，要不是我牽扯他的關係……這一切都是我的錯。如果真害他怎麼了，我一定會愧疚一輩子……哪還能昧著良心加入公會？

「就憑你這句話，我讓你加入。」

我不解地望向佛格斯。只見佛格斯雙手盤於胸說道：「就算實力再怎麼強的人，也是需要夥伴才能克服難關的！單打獨鬥本來就不可行，艾莉諾菈都是這麼講的！況且，我說到做到，這才是男子漢大丈夫！」

「可是不就是你要我一個人去黑色據點……」

「哈哈哈！」佛格斯加大音量打斷我的話，用手大力地拍打我的肩膀，害我原本就痠疼的筋骨簡直快要散了。

「好！這就是我們公會的徽章！從今天開始你就是我們的一分子啦！來去吃早餐！」佛格斯從口袋拿出一枚藍色底、上頭有銀色飛鳥浮紋的金屬徽章壓在我胸口，我趕緊用手接下。只見他轉身離開，腳步有點匆忙，有逃避了事的嫌疑。

望著他消失在轉角的身影，我低頭看著躺在手心的金屬徽章。

「公會啊……」心中浮現一種莫名的期待，我抿了下唇，將徽章握緊在掌心中。

這應該算是我在目前人生中，第一次能以自己為榮的事情吧……總是照著父親所希望的方式活著，像個人偶般被擺布的我，原來也有能自己做選擇、並且完成某件事情的能力啊！

我將徽章收進口袋裡，還不想戴上。望向公會大門，心中那份榮耀又漸漸黯淡下來，開始擔心起那個人的狀況，「拜託……一定要沒事。」

「喀啦。」就在我這麼想時，門突然打開了。

艾莉諾菈用白蕾絲的手帕擦著額頭上的汗水，微笑地走出來，「目前應該是沒事了，你可以進來看看他。」

◆※◆※◎※◆※◆

雖然艾莉諾菈說男子已經沒事了，但我還是無法安下心。

總覺得一切都是因我而起，我現在被公會接納了，但是對於他來說，根本沒有得到任何益處，還面臨這種危機……這叫我情何以堪？

抱持著這樣的糾結情緒，我跟在艾莉諾菈身後走著。

「到囉。」艾莉諾菈在一扇金色十字架的門前停下腳步。

望著門，我嚥下一口口緊張的唾沫。嗯……不管怎樣，還是先把事情講出來，再好好向他道歉吧！

「打擾了。」我下定決心推開門。只見整片雪白，僅有一個金色十字祭臺的簡單小房間裡，他就躺在祭臺右邊的床鋪上。他漆黑的髮色與雪白的床單形成強烈的對比，領子敞開，神色平靜，看起來睡得很熟。

他身上以及床邊是幾片百合花的白色花瓣，空氣中有淡淡百合的芬芳。我發現他皮膚上的紫黑色紋路消失了，雖說臉色還是蒼白，但比之前的樣子好太多了。

「真是可怕的咒術……費了我好大的功夫才終於成功驅逐呢……」艾莉諾菈嘆口氣，輕輕拍了一下我的肩膀，「他應該快醒了，快去陪陪你的朋友吧，我去泡杯茶。」

我點頭回應，「嗯……謝謝妳。」

艾莉諾菈留下一抹微笑，轉身離開房間。

當門合上的喀啦聲響起，沉重而寂靜的氣氛瀰漫著。

「嗯……還是得面對……」我不經意瞥見窗口晃過一個粉紅色的圓形身影，下意識抬頭一看……嗯？我好像看到個圓滾滾、大眼睛，長有兩條長耳朵的生物晃過去？

「金幣！給兔金幣！」影子又晃過來，整張臉貼在玻璃前盯著看。

「這不是守護者嗎？」我愣愣地望著牠，確定牠確實和守護者一模一樣……只是體形大概只有一個巴掌大，看起來沒什麼攻擊力，「魔物怎麼會在城鎮……」

此時，我從窗子看見馬路上也有許多跳躍的粉紅色身影。更糟糕的是，我目睹一個少年停下腳步，真的給了一隻兔子一枚金幣，不過他慘遭與男子第一次獻金幣時同樣的命運……被金幣甩臉，而兔子氣呼呼地跳走的畫面。我怎麼到處都能看到那隻兔子……不，應該說牠有好幾隻……

……呃，怎麼有種罪惡感？等等、這難道是我們帶回來的？不不不不，哪有這種事，我還沒聽說哪個守護者會跟著回來的，鐵定是湊巧……大概是中央之城某種季節性魔物吧，只是剛好長得有點像，沒錯！

「嗯……」細微的呻吟聲打斷我的思緒。

我低頭，發現男子微微皺著眉頭，身體挪動的時候，額頭上沾濕的毛巾落在床邊，我將毛巾拾起，上前看他，「你醒了！」

男子緩慢地張開一雙神秘的紫色眼眸，視線慵懶地掃了一圈房間。愣了一下，立刻坐起身來，「這是哪裡！……唔……」他壓著胸口，眉頭緊鎖，但他用手勢示意我別碰他。

見他甦醒，我悄悄地鬆了口氣，再次想確定地看了一眼窗外，發現沒找到兔子的蹤影，「這裡是我們公會，你昏倒，我把你送來這裡……剛才艾莉諾菈已經幫你治療過了。」我看他眼中仍浮現著一絲絲懷疑，上下打量著這環境。但比起這個，我更擔心他的身體狀況，「你……沒事吧？還覺得不舒服嗎？」

「還好，只是頭有點痛。」男子的模樣有點漫不經心，盯著自己的右掌心，「詛咒是嗎……第一次感覺死亡如此貼近，或許能朝這方向——」

為什麼這人總是做一些傷害自己的事！

「——請別再拿自己的生命開玩笑了！」心一急，我不小心脫口而出。看見男子微微張大眼睛的驚訝模樣，我咬牙，索性把話說完：「受傷、死亡這種事情一點也不有趣，別讓人擔心啊！」

男子唇微啟，稍稍垂下頭，「抱歉。」

聽到這句話，我的心揪了一下。我握緊拳頭，呈現九十度彎腰鞠躬的姿態，「抱歉，我不該拖你下水！這件事情是我的錯！」

「啊？」男子看起滿頭疑惑。

「其實，我怕我能力不足，想找人和我一起攻略黑色據點……原本以為一切都會順利的……沒想到卻害你面臨危險，真的很抱歉！」

當話說出口，心情是比較輕鬆點了沒錯。但男子沒有回應，氣氛變得尷尬……害我連頭都不敢抬，就怕對上他不悅的視線。

「喔。」過了幾秒鐘，男子就只簡單應了一句。

聽起來好像完全不在意。我愣愣地抬頭，只見他面無表情地直視我，眼中看不出任何一點埋怨，「可是我……這可能已經算是利用……」

「這不是啥稀奇的事。」聽他這麼說，我不禁一愣。他微微低垂的視線，閃過一絲黯淡，抿嘴，淡淡地說：「從以前到現在，老早習慣了。」

這使我更加困惑了，「……？」

「不過，說出實話還道歉的，您倒是第一個。」男子看向我，總是冷漠的眼神竟然浮現些許笑意，「我的主人，我願意終生效忠於您，請原諒我一開始的無禮。」

我愣了愣，「呃……我不是——」

喀啦一聲，門打開了。

「哎呀，你醒了呀？」艾莉諾菈的聲音傳來。

我回頭，見她兩手各拿著一個咖啡色的茶杯，笑咪咪地朝我們走來。她將茶杯遞給我們。我光是從味道就辨別出來是紅茶。

她微笑地望向男子，「覺得好多了嗎？」

男子盯著杯中的液體，漫不經心地回應，「嗯。」

「看樣子已經沒事了。」艾莉諾菈將金色髮絲挽至耳後，這優雅的動作不禁使我看得入迷。她對我點頭微笑，又對男子說：「當初看到詛咒這麼嚴重，原以為已經沒救了呢……竟然能這麼快甦醒，真是意外。」

男子聳肩，似乎不太想繼續交談。

「剛剛在走廊的時候我和佛格斯聊了一下，很感謝你幫助格倫呢！」艾莉諾菈微笑，「我認得你……應該就是最近在街上流傳的那位到處跳樓的人吧？」

男子不避諱地應了聲，「嗯。」他吸了口氣，看起來情緒有點浮躁。

「雖然我不明白為何你要這麼做，可是這樣給人添麻煩是不好的唷，上次有位大嬸被你嚇得到現在還不敢上街呢。」艾莉諾菈依舊好脾氣地說：「不過，相信你一定擁有相當的能力，才能與格倫一起度過難關。若有興趣，要不要加入我們公會呢？」

沒想到艾莉諾菈會提出這要求，我不禁一愣。

「你們是同個公會？」男子挑眉問道。

「是呀，格倫今天才剛加入呢。」艾莉諾菈答道。

男子看了我一眼，毫不猶豫地點頭，「嗯，我加入。」

「欸？」我不禁愣住了。

「真的？太好了！」艾莉諾菈開心地拍手，臉頰微紅，「我會和大家說一聲的。那，今後請多多指教囉！」接著，她笑著將一枚徽章遞給男子，「我是艾莉諾菈。你叫什麼名字呢？」

男子垂下眼簾，悠悠地說：「埃羅爾。」

「埃羅爾，歡迎你喔！」艾莉諾菈點頭，綻放出燦爛的笑顏，她用肘手輕輕推了我一把，對我一笑。

我愣了一下，看向埃羅爾，發自內心歡迎，「請多多指教。」

埃羅爾沒回答，但我發現他的嘴角若有似無地上揚。

第六章
冤家路窄？

算算埃羅爾加入公會也已經有幾天了，意外的，他和公會的人處得滿好的，特別是莉嘉，因為我上次居然看見莉嘉騎在他的肩膀上，指揮著他在公會裡四處亂晃，活像座騎。

但……自從上次那個意外之吻後，他對我的冷淡態度就一百八十度大轉變。雖然表面上沒太大的改變，但我發現，不管我何時回頭，都會看到他跟在我後面，而且只要我不經意提到什麼東西，隔天他就會把東西交到我手上。

他對我的態度變好是件好事沒錯……但是，他把我當成主人，特別是不管走到哪都有雙眼睛盯著看的感覺，讓我實在很難適應，可叫他別這樣，他只不過是躲得更隱密，照跟不誤。

上次艾莉諾菈問我們為何他總要跟著我，埃羅爾竟然毫不避諱地說我是他的主人。我原本要解釋，卻不小心抖出是因為那個吻惹的禍……害我費了好多力氣解釋。之後艾莉諾菈只要看到我們一起出現，就會露出有點曖昧的微笑。

解釋只是越描越黑……嗚。

大概就是因為這件事，害我心情低落，雖然知道該去找黑珠，但就是提不起勁。

再加上最近大概是天氣太熱，公會瀰漫著一種懶洋洋的氣息，就連平常火氣最大的佛格斯也提不起勁發脾氣，一早送完貨就累癱在公會大廳的沙發上，呼呼大睡。

早上幫忙莉嘉整理一下東西之後，望著窗外烈日，突然也覺得一陣倦意襲來。我坐在公會客廳的木椅上，漫不經心地讀著向艾莉諾菈借來的書。

莉嘉撥開門簾，從廚房探出頭來，「欸欸，大家今天午餐要吃什麼？」她笑嘻嘻地抱著一大籃滿滿的新鮮食材。

倒在沙發上打盹的佛格斯被嚇醒，坐直身軀，抹著嘴角流出來的口水，含糊地咕噥：「噢……都可以啦。」

「那格倫和埃羅爾呢？」莉嘉望向我們。

我愣了一下，「突然這樣問，我也不知道耶……」

埃羅爾也搖搖頭，「能吃就好。」淡淡地丟了這句話回去。

「什麼嘛……怎麼一個個都這麼冷淡……今天艾莉諾菈不在，人家難得想要做料理耶……」莉嘉嘟著小嘴抗議道，頭上的黃色虎斑貓好奇地嗅著籃子裡的胡蘿蔔。

「料理？莉嘉妳會下廚呀？」我問。

畢竟一直以來負責伙食的都是艾莉諾菈，其他人都只負責吃而已，而莉嘉自然就是吃最多的那個……我從來不知道她有這技能，因為我沒看過她有去廚房幫忙。

「呃……我不餓，大概這三天都不餓，嗯。」佛格斯臉色不知怎的突然發青，看得出來有點心虛的樣子，「我想還是等艾莉諾菈回來再說好了，嗯。」

平常最沒耐心的人居然說出「等」這個字真是奇蹟。

「什麼嘛！上次只不過是吃了午餐，連續拉肚子兩天而已。但比起上上次、上上上次住醫院半個月已經進步很多很多了耶！」莉嘉衝上前去，硬拉佛格斯的右腕想要解釋，見拉不起來就淚眼汪汪地望向我們問道：「那你們呢？」

天啊，剛才那句話是怎麼回事？被詛咒的黑暗料理嗎！

「我……」

「——吃多了會死？」在我還來不及婉拒之前，埃羅爾眼中閃過一絲金光問道。

「真沒禮貌！人家的料理哪有這麼可怕！」莉嘉氣得差點衝上前找埃羅爾理論，但是被佛格斯攔住，而且佛格斯還拚命地對我們使眼色，搖頭速度快到脖子幾乎要扭斷了。

……看樣子，莉嘉的料理恐怕是玩命的，死都不能吃！

「別攔著人家啦！」莉嘉用手肘推開佛格斯的臉，不死心地望向我們，「你們新人一定很想吃對不對！要吃的舉手！」

總覺得她這樣有點可憐，就在我猶豫著是不是該舉手之時，眼角卻瞥見有個東西迅速由下而上地衝上來。

我愣愣地一看，這才發現埃羅爾右手舉得超筆直，平常總是沒什麼光彩的眼睛竟然如此明亮，害我的嘴角情不自禁地抽搐了好幾下。

「哇——就知道埃羅爾最好了！」莉嘉開心地抱起裝滿並放在一旁的食材籃子轉個一圈，掀開門簾，衝進廚房，「很快就做好囉、要乖乖等喔！」

「完蛋了……」佛格斯一臉苦瓜樣，彷彿得知下一秒就是世界末日。

雖然我沒見識過莉嘉的料理，但是除了被艾莉諾菈冷落之外，我從來沒看過佛格斯露出這種沮喪挫敗的表情，看樣子今天的晚餐實在是凶多吉少了……

「——哇、洋蔥沒了！今天人家要煮咖哩的說！」廚房那裡傳來莉嘉的聲音……

除此之外，還有翻箱倒櫃的雜亂聲響，接著腳步聲噠噠噠地傳來，莉嘉又從門簾探出頭，「你們誰要去幫人家買？」

佛格斯移開視線，而埃羅爾則保持平常無動於衷的模樣……現場一片安靜……突然覺得莉嘉有點可憐。

「我去好了。」別無他法，我只好舉手自願了，但在佛格斯哀怨的視線下我尷尬地笑了笑，「……剛好可以四處繞繞，我對中央之城還不熟呢。」

「真的？就知道你最好了！那這個幸運符送給你！」莉嘉漾起大大的笑容，拿過我的劍，在劍柄上綁了紅色細繩，對我比個大拇指，「莉嘉一定盛最大碗的給你！」

……可以不要嗎？

◆※◆※◎※◆※◆

在艾莉諾菈常去的蔬果攤位，我買了一袋洋蔥，準備回公會去，但出了店門，抬頭看看天色還那麼早，市集還熱鬧著，「……不如拖久一點回去，艾莉諾菈若回來的話，大家應該就不會吃到黑暗料理了……」

「不，我很感興趣。」

埃羅爾突來低沉的聲音使我一愣，回頭，這才發現他不知何時居然也跟來了。他正盯著攤販上翠綠的高麗菜，問道：「……吃蟲會中毒嗎？中毒又是怎樣的感覺？」說完，竟真要伸手去抓上頭的綠色綿蟲。

我趕緊拍開他的手，「別亂吃啊！」

「不試看看多可惜。」埃羅爾仍不死心地伸出另一隻手，抓起上頭爬行的倒楣蟲子，將牠放在我眼前，「難道您也要？」

——鬼才要！

「啊，您不是……那個超可愛的迷人少爺嗎！」店內傳來尖銳的聲音。

這聲音使我感到一陣雞皮疙瘩，我戰戰兢兢地回頭一看，果然看見……那不就是上次在馬車裡遇到的那濃妝豔抹的大姐！難怪總覺得空氣中飄浮著一種很熟悉卻噁心的過濃香水味！

埃羅爾挑眉看著我。

濃妝豔抹的大姐穿著圍裙，坐在收銀檯前面，在工作時間蹺著腳悠閒地擦著豔紅的指甲油，看樣子她八成是這家店的老闆娘。偏偏遇到她，實在太倒楣了！

「雖不明白您為何會和這怪人在一起……但我們的相遇，一定是上天注定……」蔬果店老闆娘眨眨眼，厚重的睫毛像扇子那樣高速搧動。

她站起身來，一臉陶醉地望著我，還向旁邊店家招手喊道：「姐妹們！他就在這裡呀！我命中注定的可愛的小王子！」

「什麼？」

「哪裡？」

我感覺到眾多腳步聲朝這方聚集，而蔬果攤附近探出一張張好奇的臉。當她們看到我，眼睛瞬間刷亮，我被那燦爛的眼神震懾的倒退數步。

「糟糕、難道……」我伸手摸向自己的臉，空空如也。

──匆匆出門、忘記遮臉了啊！

眼看那些女人一步步地朝我走來，我慌亂地確定後方是否有退路，哪裡還顧得買東西，轉身就逃！

「──別跑啊！」

身後的尖叫聲簡直要震碎方圓百里的玻璃，我驚逃中，不小心撞倒水果攤店門前的架子，堆疊整齊的蔬菜水果嘩啦啦地從櫃子上墜下來，阻擋我的去路。

感覺到我的右手腕被掐住，回頭看，是一隻擦著血紅指甲油的手。

「這次絕不讓你逃走！」

濃妝豔抹的老闆娘眼神發亮，讓我感到一陣冷冽。

那群女人如惡狼般衝來，沿途撞倒了更多東西，水果攤轉眼間成了垃圾堆那般混亂一片，不少水果成了腳下的爛泥，「請放開我！」我試圖甩開老闆娘的手，但是她卻像章魚爪那樣緊緊纏著我，甩都甩不開。

眼看那群人即將撲向我，就在此時，埃羅爾一把拍開水果攤老闆娘的手，並且順手將我拉進他的懷中，帶著我衝出店門。他踹倒門旁另一邊沒垮的架子，兩邊倒塌的櫃子瞬間擋住了門口，撲來的其他女人不得不停下腳步。

「您沒事吧？」埃羅爾低頭問我。

我還心有餘悸，眼看那群人回過神後又打算追來，「快走！」我趕緊拉住埃羅爾的手，埋頭衝向大街。

「嘎——！」

聽見尖叫聲，我愣愣地回頭，這才驚覺大街上有一輛疾馳的馬車朝我們衝過來。

馬兒奔馳的腳步完全沒有停下來，車輪劇烈地轣轆轣轆奔馳，車夫震驚地瞪大眼睛大喊：「停下來！停下來！」拚了命地拉緊韁繩。

兩匹奔馳的馬兒眼看就要撞向我，但我卻愣住無法動彈了。

「小心！」

只感到一陣力道將我推到一旁去，我跌趴在地上，隨後聽見砰的一聲物體被撞倒的聲響，還有眾人的驚呼聲接連傳來。

我爬起來，身上除了一點擦傷之外並沒大礙。

剛才那聲音……難道是埃羅爾！？

「埃羅爾！」

我趕緊跳起來，回頭望去，果然看見剛才奔馳而來的馬車翻覆在一旁，車廂半邊摔毀，輪子也脫落了幾個，貨物全撒在地上，一匹馬也受傷倒地，而另外一匹則掙脫斷裂的韁繩，從驚恐的路人面前奔馳而去。

我終於找到埃羅爾，他倒在地上，身上還有車輪輾過的痕跡。

「天啊！」

「跳樓不死的人終於出事了！」

路人們驚叫著，嘈雜不已。

「埃羅爾！」根本沒空理那些看熱鬧的人，我驚慌地衝上前去。看著埃羅爾倒地不起，我渾身激動地顫抖，「天、天啊，抱歉，這不該發生的……」

此時，埃羅爾的手指抽動一下，「嗯……」從喉嚨發出一陣呻吟，然後竟然像個沒事人那樣坐起身來。不顧我錯愕的視線，他悠悠地回頭望向慘不忍睹的馬車，眼神充滿不屑，「嘖，這沒力的爛東西。」

——把我的擔心還來！

「妖怪、他果然是妖怪！這樣都死不了！」一旁圍觀的人發現埃羅爾平安無事，紛紛尖叫著，一窩蜂地跑開了。

我望著眾人避之唯恐不及的身影，尷尬地抽搐兩下嘴角。

就某種意義上來說，埃羅爾似乎是中央之城的名人，只是這個名，好像不太好就是了。

車夫從毀了大半的車裡爬了出來，回頭看到這副景象，腿都軟了，「天啊……怎麼會變成這樣啊……」

我趕緊上前去攙扶他，「您沒事吧……咦？」

發覺他的模樣有點眼熟，不禁一愣。那圓圓的小眼鏡，還有那兩撇八字鬍……看起來一副無辜的臉……總是穿著一身老舊的灰藍色西裝……啊！我想起來了！我曾經在父親的宴會上看過他幾次呀！

我不敢正眼看他，緊張的手心不自覺地發汗。

怕他會認出我，但現在也不可能不顧他而離開，我刻意側過臉，說：「如果要賠償的話，我……」

「不，這些東西其實是淘汰物，要運去垃圾場，不用賠償，況且馬車也老舊了，我打算換一輛呢……」老先生拿下褐色的扁帽子，慈藹地笑著：「至少我們都沒事，這已經是不幸中的大幸了。若傷到像你這樣有前途的少年，我才真的覺得可惜呢！」

雖然我不知道他說的是真是假，但他那番話讓我有點小感動，「嗯……抱歉。」

沒想到父親的朋友裡也有這樣的人。

話說回來，他似乎沒認出我……對喔，遇到他的場合都是在宴會上，我都戴著面具，從來沒有以真面目出席過，他當然認不出我啊！

「大家來幫忙！」

在好心路人號召幫忙下，找來了另一輛馬車給老先生使用。大家合力將散落在地上的雜物送上車，然後將殘破馬車以及受傷的馬兒也搬上這輛臨時找來的馬車，街道這才又恢復暢通。

雖然老先生說不用在意，但是馬車壞成那樣，我卻沒能為他做什麼，實在說不過去。我走向老先生，躊躇了一會兒，開口問道：「那個……有沒有其他什麼需要我幫忙的嗎？」

「嗯？」老先生望向我。

「您若從事商運，也許有什麼貨物需要運送或護衛之類的……我們公會有在幫忙這個，實力上也應該足夠，畢竟曾攻破幾個黑色據點。我們以此作為補償好嗎？」

老先生眼睛亮了起來，「是嗎？我恰好預計下週要送貨到鋼鐵之都去，因為找不到臨時替補的護衛而煩惱呢！請問你們公會在哪？我馬上帶夥伴登門拜訪討論關於送貨的事！」

「在前面那條街轉角而已，對面有一間花店。」我指向街道上右斜方的路，「會長人剛好也在，我想傍晚以前都有時間。」

「喔，了解！」老先生笑呵呵地戴上帽子，爬上馬車後座，與前方的車夫打個招呼，再回頭笑咪咪地對我說：「謝謝你的熱心，少年。我們等等見。」

拖著車的馬兒開始向前走，然後小跑步起來，往大街另一頭離去。

雖然一個新人隨便幫公會接下工作好像不太好……但我想大家都很熱心，應該是會幫忙的……吧？

想到佛格斯，我不禁遲疑了一下。

「你還真是體貼啊。」

「！」埃羅爾突然說話使我一愣，回頭，卻見他不知何時又悄悄地跟在我旁邊，一身黑漆漆的打扮活像個背後靈，真是嚇人。我拍拍胸口，心臟還在撲通亂跳，「你為何老是要跟在我後面啊？」

埃羅爾聳肩沒有回答我的問題，轉而反問我：「為何他都說不用了，您還要自願幫忙，不是很麻煩？」

「呃……如果不這麼做的話，感覺對不起他啊……」

埃羅爾看向他處，「……真難懂，人與人的相處。回去吧。」說完，轉身走向公會方向。

而旁邊的路人都讓開了一條路給他走，還一個個面露恐懼，但他本人毫不在意，逕自走著。

我愣愣地望著他的身影，還有大家看他時那害怕的模樣，不禁想起之前見他落寞的神情。仔細想想，我對他的了解好像除了他有自殺傾向之外，其他什麼也不明白。而且哪有人親一下——還是意外！——就變成主僕關係？

總覺得他的觀念與想法都很奇葩。

他……以前到底過著怎樣的生活？又經歷過什麼事情？

◆※◆※◎※◆※◆

我們很快就回到公會。

「不要——讓人家做咖哩啦！」

「可是妳剛才幾乎把廚房炸了啊！」

「剛才只是意外嘛！」

站在大門外，我就聽見門內傳來爭吵的聲音，雖然不想進去，但為了早點告訴大家接下任務的消息，也只好硬著頭皮開門了。

門一打開，只見公會裡面亂成一團，雖然還不到慘不忍睹的地步，但若被負責整理的艾莉諾菈看到的話，搞不好會暈倒。而更慘的還是廚房，連門簾都燒得焦黑，我不敢想像廚房裡面到底發生何種慘況。

聽見開門聲，大家轉過頭，一臉錯愕地望著我們。莉嘉渾身黑漆漆的，特別是那頭髮變成詭異的捲髮，她鐵定是製造這團混亂的罪魁禍首。進門才看到原來艾莉諾菈早就在場，卻意外的只有點鬱悶的神情，好像早就料到有可能變成這樣的結果。

莉嘉眼睛睜大，開心地衝向埃羅爾，說：「我聞到洋蔥的味道——」

埃羅爾從懷中拿出幾顆洋蔥，「拿去。」將東西塞給她。

咦？洋蔥……在剛才如此混亂的情況下，我根本忘記這回事，原來埃羅爾還拿著洋蔥……

「不行！」洋蔥被佛格斯一把搶過去，「再讓她搞下去，我們公會的據點又要被拆啦！廚房都變成那樣，還能做菜嗎！那我要怎麼吃到艾莉諾菈親手做的——」說到一半，他臉頰瞬間通紅地望著一旁的艾莉諾菈。

艾莉諾菈拍拍莉嘉的頭，無奈地嘆了口氣說：「……那就吃外賣吧。對料理有興趣並不是壞事呀，燒毀掉一、兩間廚房也沒什麼大不了的吧？就是要麻煩打掃一下罷了……不過下次要小心點喔。」

「艾、艾莉諾菈……」佛格斯對於不能吃到艾莉諾菈親手做的菜而一臉受傷地望著她，眼眶發紅。

「耶——就知道艾莉諾菈和格倫最好了！」莉嘉走上前拉著我和艾莉諾菈的手，我與艾莉諾菈的距離瞬間拉近，害我不知所措。莉嘉牽著我們，嘟著嘴抗議：「不像某個人小氣得不得了呢——」

埃羅爾默默地挪動腳步，站在我身後，顯然是選擇了作為支持莉嘉的我這方。

就只剩下佛格斯一人站在旁邊，五官都快垮下來了，「你們……」長相凶惡的他現在擺出這種受傷的表情，雖然覺得他可憐，但我怎麼覺得他的眼睛是在瞪我？這不關我的事啊！

「叩叩。」

大門傳來叩叩的敲門聲。

「誰，客人嗎？」莉嘉說完就要往門的方向跑去。

「等等！」猜想應該是委託人拜訪，我拉住莉嘉的左手腕，對大家解釋：「有客人要委託我們送貨，剛才一直沒機會說。」

「客人？」艾莉諾菈眨眨眼，回頭看了會兒這屋子的慘況，「糟糕！格倫，你先去拖住他們！莉嘉、埃羅爾，快來幫忙整理……佛格斯，現在不是發呆的時候了！」

「喔！」莉嘉應了聲，趕緊跟在艾莉諾菈身後撿拾地上的雜物。

沉浸在失落中的佛格斯也終於回過神，隨手拆了公會小窗的米色窗簾，擋在焦黑一片的廚房門口。至於埃羅爾，站在原地看大家忙來忙去。

好吧，也許他不懂整理是什麼意思。

敲門聲又響了，我大致撥一下頭髮、整理一番儀容。

當打開大門時，在幾位訪客面前我展露出最好看的笑容，「不好意思讓各位久等了，我們──」但我卻驚見有個眼熟到不行的人剛走下了停在巷口的馬車，眼看他就要踏入公會前庭，嚇得我瞬間忘詞。

「我、我……那個……」面對客人們一張張困惑的表情，我聲音抖個不停，最後終於再也忍不住大聲道：「不好意思請稍後一下！」丟下這句話，我一溜煙地衝進了剛裝上窗簾的焦黑廚房。

我躲在窗簾後面，小心翼翼地往半開的大門望，手心不住顫抖、發汗。

而恰好站得離門最近的埃羅爾與錯愕的客人大眼瞪小眼。他表情依舊冷漠，「主人都這麼說了，再等一下吧。」說完，順手就要當著客人的面關門。

「等等等──」佛格斯將所有雜物都往通往公會內部的走廊上丟，趕忙阻止埃羅爾，手擺向大廳，「各位請進。剛才那位早上吃壞肚子……抱歉。」他看向我這邊，不斷對我使眼色要我出來。

我拚命地搖頭，但用手勢似乎只是把彼此的意思弄得更模糊。

「各位辛苦了，我先去倒茶。」艾莉諾菈推開佛格斯，上前迎接客人們，領著他們進公會大廳，一直到沙發那邊，一面不動聲色地將被遺漏的雜物踢進桌底下，「請各位稍等一會兒。」

也許是被剛才的鬧劇惹惱，穿著華麗的客人們表情有點不悅。他們拿下帽子，上下打量著大廳，蹙眉，大概是嫌這地方太過簡陋吧？

這些人穿金戴銀，而且胸口那眼熟的商業徽章不斷提醒我，這些人來自企業之城……當我最在意的那個人踏進大門時，他的剪影輪廓使我感到難言的壓力襲來。

那人灰色整齊的頭髮，一身常穿的深藍色貴族裝束，雖然年過六十，卻依舊壯碩的身形站得筆挺，每個步伐就像刀鋒般俐落，給人一種嚴肅、不可一世的懾人氣勢，是我最害怕的那種。

——天啊，果然是父親！為什麼他會在這啊！

說要去倒茶的艾莉諾菈來到我身邊，小聲問：「怎麼了？」

「那個人……是我父親，如果我被抓回去就完蛋了……」我顫抖地指著坐在沙發上與其他人交談的父親，「請別讓我被找到！」

艾莉諾菈看了看我父親，無聲地嘆口氣，「嗯……雖然不知道發生什麼事情，但我會幫你的。不過你得好好說清楚到底是怎麼回事喔。」

我點頭如搗蒜。

「嗯，那我先去拿點東西招待客人。」艾莉諾菈拍拍我的肩膀，走到廚櫃旁，拿出了幾個有龜裂跡象的杯子，克難地裝了乾淨的水。

她對我點頭一笑，挽起簾子走了出去，客氣的微笑道：「各位，請用。天氣熱還是喝點水比較解渴。」

客人們著迷地望著艾莉諾菈的笑容，一一接下了茶杯，似乎沒有人發現杯子的缺陷。就連平常顧及禮貌而視線不會在女子身上停留超過兩秒的父親，也至少看了五秒之久。

難道說那位老先生說的朋友就是父親？這未免也太巧了……

「為何要躲？」

「哇啊！」後頭突然傳來低沉的聲音使我心臟差點跳出來，我趕緊回頭，只見面無表情的埃羅爾無聲無息地站在我身後。我拍拍胸口，有一剎那真以為自己會心臟停止，「你什麼時候……」

「你討厭那個人？」埃羅爾紫色的眼瞳凝視著我，竟然就要召喚劍。

「……冷靜點！不是討厭啦！」我趕緊阻止他，稍稍移開視線，想起自己離家出走那天發生的事情，不由自主地握緊拳頭，「……只是不知該怎麼面對他。」

「喔，那我去把他趕走。」

我愣了一下，趕緊拉住他，「不行！」

埃羅爾的眼神寫滿困惑。

實在很難跟他解釋清楚。我擔憂地望向父親那方，「……沒什麼……」其實心底怕死了，我不敢去想如果被他逮到，會是怎樣的下場，「反正就是不行……」

根據以往的經驗……唔，逃家的下場只有慘字可以形容。

「咳，所以你們就是喬推薦的公會……？」父親的視線緩慢地繞了公會一圈，通常他會有這動作，就是他覺得不滿，但臉上仍掛著商業性笑容，「聽說你們有攻破幾次黑色據點呢，成員還如此年輕，卻有如此實力，未來前途不可限量啊。」

「這當然啊！」莉嘉雙手扠腰，指著展示櫃，「除了上面那幾個是攻破黑色據點的獎章，剩下的全都是大胃王——」

佛格斯飛快地摀住莉嘉的嘴並將她拉到後面去，「謝謝誇獎！」

「那閒話不多說了，是這樣的，我們有一批非常要緊的貨需要運到鋼鐵之城。」父親彈個響指，旁邊的侍者立刻拿出一個繡有我們家徽、裝得鼓鼓的大錢袋，並將其袋口打開，放在桌上。只見袋口溢出金光，幾枚金幣探出頭來，閃閃發光。

大家都看傻了。

「只要你們能在期限內護送我們平安到達目的地，這些金幣都是你們的了。」父親雙手交扣地放在腹部，笑吟吟地說：「當然，如果做得好的話，還有額外的獎賞，這樣的交易還滿意嗎？」

「就交給我們吧！」我懷疑佛格斯根本是慶幸來了修理經費而特別有幹勁。他立刻站起身，高舉右手，「我們現在就出發、立刻！各位，快去準備一下！」

「欸！？」我不禁一愣。

——不會吧！？

第七章
匿名的怪物

今天天氣非常好，放眼望去，前方的綠坡綿延至萬里，地平線銜接著遠端，宛如海水似的湛藍之空，宜人的涼風自左方森林掃來，捎來些樹林的微涼的芬芳。我們五人分成兩邊，騎著馬，跟隨在運送貨物的商隊馬車前端與尾後，提防危險。

我被分配到隊伍後方的位置，而父親所在的馬車是車隊中間看起來最為華麗的個人車廂。車窗是拉下的，我們距離那麼遠，照理來說應該是看不到我才對，但我還是無法不盯著看……就怕有什麼萬一，可以第一時間逃走。

我唯一感到慶幸的，就是還好平常出席眾人場合時，我都沒有以真面目示人這點了。否則早上光是開門，我大概就已經被抓回去了，哪有可能還在這裡逍遙？

明明出大太陽，可我紮了頭巾，甚至還用紅色圍巾遮住脖子及嘴巴，只露出眼睛部分，才剛踏出公會大門我就已經汗流浹背了。但為了不被認出來，我只能拚死把它們拉緊。

「你還好嗎？看起來很沒精神呢？」艾莉諾菈騎著白馬，與我並駕齊驅，那一頭金色的長髮在陽光下閃著醉人的光暈，「我已經和佛格斯說過不要讓你們碰面，大家都會幫忙的，別擔心。」

我感激地點頭，「嗯，謝謝妳。」

艾莉諾菈猶豫了一會兒，「那……你可以說說到底是發生什麼事情了嗎？」

「嗯……其實我之前就打算要告訴妳的……」我又想起逃亡那天發生的種種，沉重地嘆口氣，「就是……」

我將事情的原委一五一十地告訴艾莉諾菈，最後再次強調：「不過，我的身分請務必幫我保密。」

「……所以你竟然是……」艾莉諾菈微微張大眼睛，不可置信地摀著嘴，但仍點頭答應，「好的，別擔心。這是我們兩人之間的秘密唷，『小少爺』。」綻放出平常那可人的微笑。

這表情使我怦然心動，我感到臉頰一陣麻燙，稍稍移開視線。為什麼……妳總能輕鬆地說出撥弄我心情的話語？

「原來如此。」埃羅爾冷不防地說了句話。

沉浸在戀愛氛圍中的我瞬間被驚醒，「哇！」差點就滾下馬背，還好及時抓牢轡繩，才沒發生墜馬的慘劇。

我愣愣地回頭，看見埃羅爾以奇怪的姿勢趴在棕色馬匹背上，手上還抱著一堆不知道從哪裡摘來的草，每一種都五顏六色、奇形怪狀，正常人應該連碰都不會想碰。

「……那是什麼？」我突然有種不好的預感。

「從那群綠色蜥蜴身上拔來的。」

「？」

我困惑地順著埃羅爾的視線看去，竟看見不遠的樹林處，有堆不知道哪來的綠色蜥蜴屍體堆疊成山，而牠們頭上本該長有的彩色草變得很稀疏……沒錯，那些草就和埃羅爾手上拿的是一樣的！

他是什麼時候招惹了那群蜥蜴啊！

「雖然蜥蜴很弱，但這東西似乎還頗毒的？毒物的滋味……我嚐嚐看。」埃羅爾看一眼手中的草，竟要把草一口氣吞下去。

「別亂吃啊！」我嚇出一身汗，趕緊靠近他，在千鈞一髮之際拍開了他手中的那團草。看他還一臉無所謂的樣子，我有點無奈，「就說別亂吃……」

這時，我突然聽見咀嚼的聲音？

我低下頭，驚見載著我的米色馬一臉睡意矇矓的啃起那團掉在地上的草，「別吃啊！」但我來不及阻止，牠已經將毒草嚥下去，還打了個飽嗝。

天啊！

「嘖，這畜生還真懂得享受。」埃羅爾低聲說。

旁邊的艾莉諾菈臉色有點難看，「你……現在還是下馬比較好。」

「欸？」我低頭，發現馬兒是還在往前走沒錯，但是牠的表情看起來一點都不正常。牠吐著舌、頭歪一邊，而且渾身抖個沒完沒了，好像下一秒就會突然抓狂！

但在我有機會跳下馬之前，馬兒已經呈現暴走狀態，「嘶嘶嘶嘶——！」牠冷不防地抬高前肢。

被墜下的恐懼所逼，我反射性地緊抱住馬頸子，咚一聲，重心又歸正，但馬兒急速向前奔馳。我清楚感到牠渾身肌肉怒張的鼓動，凌亂起伏的腳步震得我腦袋發暈。

「格倫——！」

我聽見艾莉諾菈的尖叫聲。

「哇啊啊！」

「馬暴衝了啊！」

呼嘯而過的風聲中，我聽見許多人驚愕大叫的聲響。

「糟了、得讓牠冷靜下來才行……！」我咬牙，好不容易才在混亂中抓住韁繩、狼狽地抬頭，卻驚見有個眼熟的大車廂就近在眼前，「糟糕！」

發狂的馬兒載著我，砰的一聲撞了上去。

「哇啊啊啊啊——！」

附近的人驚叫。

這一個碰撞撞得我七葷八素，身體順著力道飛了出去，跌落在草地連滾幾圈，無力的手試圖抓住什麼卻徒勞。最後翻滾終於停了下來，我渾身痛得要命，滿鼻子青草與土味。

「嗚……」我痛得齜牙。

「格倫！」

聽見艾莉諾菈的聲音伴隨著馬兒疾馳的馬蹄聲趕來。馬蹄聲放慢，我睜開眼睛，眼前是有著一頭金色長髮的模糊影子。

「你沒事吧！治癒術！」
感覺到一陣溫暖的風環繞著我，我身上的痛處一點一滴地消失了，但取而代之的是精神上的疲憊。
「謝、謝謝……」心有餘悸的我想擦去額頭上的冷汗，無力而顫抖的手一個不小心卻扯下頭巾，「糟……」我心底一涼，用手去抓也來不及挽回。
我趕緊撿起地上的頭巾，想把整顆頭包起來，卻突然感到有隻手阻擋，「？」我愣愣地抬頭，卻見同個商隊的四十幾歲阿姨笑燦燦地望著我，旁邊一個與她長相神似的女孩也對我投以閃耀的目光……
不，我這才驚覺商隊的人幾乎都是女性！
那笑容令我渾身起雞皮疙瘩。
感覺有雙手把我從地上撐起來，我藉由他的幫忙才站穩。我扶著額頭忍著疲意，發現原來在前頭把風的佛格斯、莉嘉都騎著馬折回來查看，而攙扶我的人是埃羅爾。
「下次換我。」埃羅爾眼中有著莫名的光芒。
居然有人自願被馬兒甩開啊！

「沒事吧！」

「有沒有怎樣！」

一群人爭先恐後地湧了過來，瞬間將我包圍其中。那一雙雙閃著光芒的眼睛環繞著我，讓我感到心驚，總感覺有鹹豬手在亂摸我，而且衣服被東拉西扯，肩膀涼颼颼的，深怕身上的衣服會被扯下來的我用手護著，強裝不在意地委婉笑說：「我沒事，請不用擔心！」

頭昏眼花中，感到一陣力道將我從人群中拉了出去，我回神抬頭，原來是埃羅爾救了我。我趕緊將頭巾纏回去，小心翼翼地望著那群面露失望之意的女性們，盡可能遠離她們。

「沒事吧？看你被包圍，一副痛苦的樣子……」埃羅爾低頭看我，隨後抬頭，對著那群人說：「也包圍我吧！」

面對埃羅爾的宣言，眾女性不為所動。

「嘖，受女生歡迎有啥了不起……我才不在意……」佛格斯咕噥著。

莉嘉踮起腳尖，拍拍他的肩膀。

我整理好凌亂的衣物，突然想起那馬車，「糟了！」趕緊朝出事的車廂望去，卻意外發現應該被撞個正著的車廂居然……毫髮無傷？而且還立得穩穩的！

「怎麼回事，剛才明明……」不管我怎麼看，車廂都不像被衝撞過，甚至可以說一丁點痕跡都沒有，簡直就跟新的一樣。

「是保護魔法啦！」莉嘉雙手扠腰，喜孜孜地站在我面前，單手持的魔錘上浮現橘紅色的光暈，「這是人家擅長的魔法喔！厲害吧！能使物體絕對防禦三秒喔！」

沒想到這看起來十歲出頭的小女孩居然會如此高等級的防禦魔法，我敬佩地拍拍她的頭，稱讚道：「真厲害……」

喀啦一聲，那被撞到但卻毫髮無傷的車廂門被打開了，我心底一驚，下意識再次確定頭巾並沒有鬆脫，但指尖仍不住地顫抖。

「什麼事情吵吵鬧鬧的？」

父親低沉的聲音傳來，商隊的人們安安靜靜地站到一旁，但目光似乎還是落在我身上，我可以感覺到皮膚刺刺的。

我視線不敢平視那身影，忐忑的心跳得飛快。

「大人，您沒事吧！」

「有沒有受傷啊！」

旁邊的人這才圍了上去，大家你一言我一句地對父親關心起來。

雖然說出了事後的關心是人之常情，但是跟在父親身邊那麼多年，我總覺得那些話語有虛偽的感覺……到現在我還是有點反感。

「沒事，謝謝各位的關愛。」父親以平常客氣的口吻回應，但是卻令我感到一陣寒意，「雖然不清楚剛才發生何事……至少無事就好。不過，這樣的事情還是希望別再發生了。」他的聲音嚴峻起來。

感覺有人將我的頭往下壓，我以眼角確認，是佛格斯。

「這位是我們的新人啦，還笨手笨腳的……請您大人不記小人過呀！」佛格斯用手肘推推我，面帶僵硬笑容，嘴角幾乎不動地以氣聲說：「還不快道歉！還有、受女生歡迎我才不忌妒！」

實在不明白為何他要特別強調最後一句話。

我實在不想在父親面前低聲下氣，但現在似乎不是倔強的時候，我咬緊牙根，努力壓低聲音以避免他認出來，「……抱歉，是我闖禍了，不會再有下次了。」

「嗯，年輕人勇於承認錯誤相當可取，這次也沒造成任何損失，只是遲了幾分鐘的車程罷了，就原諒你吧。」

父親似乎並沒有認出我，還用那寬大的手掌拍拍我的右肩膀。

當他觸碰我的時候，我心底不禁打個冷顫。

「不過天氣這麼熱，穿這麼多不會中暑嗎？」

我強忍著聲音的顫抖，「啊……前些日子感冒，咳咳咳……」拜託，別再跟我說話了啊！

「既然大家都沒事了，就繼續上路吧！」負責帶領車隊的嚮導拿出指南針，望著天空，「預測應該不久後可能會有強烈的氣候變化……得在那之前找到能避風雨的地方才行……」

大家會意地點頭，紛紛回到自己所屬的地方去。佛格斯與莉嘉跳上馬，噠噠噠地趕回隊伍前方當先鋒。在艾莉諾菈的幫助下，那匹昏過去的馬兒甦醒過來，竟也能站起身了。

「唔！」

就在我打算過去與艾莉諾菈會合，卻聽見一陣悶哼傳來。

我愣愣地回頭，剛好看見父親捧著胸口倒在草地上的一幕。

「大人！」看到這情形的人不禁驚呼。

「您沒事吧！」心一急，我趕緊蹲下身去攙扶他，卻發現他五官揪成一團，用手壓著胸口，呼吸又急又淺，看他這樣子絕對是老毛病又犯了。我記得他的藥都會放在胸前的口袋，我趕緊翻找，果然找到，「藥……有了！」

我將他頭部抬高，打開瓶蓋，並將液狀的琥珀色藥水小心翼翼地倒入他半開的嘴角之中，然後擦去溢出嘴角的藥水。

「您怎麼了！」

「大人！」

沒一會兒工夫，我們身邊已經圍了一圈厚厚的人牆，嘈雜的問候令我的心情有點煩躁。父親額頭上泛著一層淡淡的汗光，令我感到欣慰的是，他緊繃的表情有漸漸舒緩的跡象。

「嗯……」父親緩慢地睜開雙眼，我再次確定頭巾有好好遮住臉。他嘴角泛起一抹虛弱的笑意，望向大家，「抱歉，老毛病又犯了……讓大家擔心了。」說完，他凝視著我，「小兄弟，謝謝你。」

被他那雙與我顏色相同的眼睛盯著，我心底不禁一顫，心虛地避開視線，「不，不會……」

我努力使自己鎮定下來，強忍著當場逃脫的欲望。

「不管怎樣，都是多虧了你，一定得好好謝謝你才行……像你這麼機靈的孩子，跟我那失蹤的蠢兒子比起來，真是聰明多了啊，呵呵！」父親整理一下儀容，站起身來，拍拍身上的草屑。

為了表現出完全與自己無關，我刻意加入話題，「啊……您有兒子呀？」心裡卻不斷祈禱他拒絕回應。

「是啊……那傻兒子枉費我的苦心栽培，居然在大庭廣眾下丟我的臉……現在人都不曉得上哪去了，實在太令我失望。多麼令人頭痛的孩子，你說是吧？」父親加深了笑意，毫無預警地一把扯下我的頭巾，「格倫。」

我錯愕地瞪大眼睛，卻見父親滿臉怒意，嚇得我渾身血液瞬間凝結。

「格倫，我找你找得好辛苦啊，這戲碼安排得如何？還精采嗎？」父親和藹的笑容裡透露出陣陣的怒意，「你該知道我不會輕易原諒你吧？」

完、完蛋了！

我嚇得臉色慘白，「是您逼我的、我不得不這麼做啊！」這才發覺那些隨行的商人們都抽出了武器。原來他們根本就不是普通的商人，恐怕是父親聘請的傭兵所偽裝的啊！

「格倫！」公會的成員被阻擋在人群外頭。

此時，有道黑影擋在我前方——是埃羅爾！

「你怎麼……」我不禁一愣。

埃羅爾沒有回頭，竟然拔出劍來。

我一時間啞口無言，發現父親的表情變得很難看，他偽裝的笑臉幾乎快要撐不住了，額頭上的青筋都冒出來，整張臉都氣得發紅。

「給我逮住他們！」父親怒吼。

他的命令一喊出口，不僅是偽裝商人的傭兵衝了過來，就連本該是裝貨物的數截車廂突然從裡頭被摧毀，塵埃飛揚之中，好多人影從殘破的車廂竄了出來，組成至少有數十人的陣仗。

看著從車廂跑出來的人身上的白色制服，我認出制服上有我們家族的徽章，鐵定是父親雇用的傭兵。看埃羅爾居然拔劍還想硬拚，我趕緊拉住他，「別打、快走！」我怕逃不了是原因之一，但更重要的是，我無法動手傷父親的人。

埃羅爾看了一眼那群人，咬牙，「……嘖！」他蹲下身，一口氣將我扛在肩上。在我掙扎之前，他已經扛著我飛也似的朝著森林小路衝了出去。

晃動的視野中，我看見公會的大家錯愕地望著我們，但當下我根本沒有機會可以解釋，只能匆匆拋下愧疚的眼神，被埃羅爾揹著跑。

而父親派出的傭兵們自然急追在後。

「躲進森林裡！」他們的追蹤腳程不容小覷，我對埃羅爾喊。

埃羅爾沒回應，但一個拐彎就衝進了森林之中。我盡可能地壓低身姿，好避開那些較低矮的枝葉劈啪拍打在身上的痛楚，不時回頭查看目前狀況。我們雖然與傭兵拉遠了一些距離，但仍能看見他們在綠葉中穿梭的蹤影。

「刷！」

被向上拉扯的奇異感以及風聲朝上掠過耳邊的聲響，腳下頓時一空，我愣愣地一看，這才驚覺我們被白色繩網困在裡頭，擁擠地靠在一起。

「該死！」埃羅爾召喚出漆黑色的劍，奮力朝繩網砍去，繩索被整齊地切斷的瞬間，他抱著我平安落地。

「沙沙沙——」

但就在我們被網繩拖住的短短幾秒，傭兵們竟已經追到，將我們團團包圍，人數至少也有二、三十人。這麼多人跟著我們，我居然都沒發現，父親鐵定老早就打定主意要把我抓回去！

「傭兵，強嗎？」埃羅爾問道。

我戰戰兢兢地看著他們，「嗯，這可都是我父親親自挑選的……」

「喔。」埃羅爾勾起一邊嘴角，不顧我一臉錯愕，收起劍，快步迎向他們，「不是很強？來試試！」竟然還當場坐下來，雙手環抱於胸，一副等著被宰的模樣。

——天啊！都啥時候了他還在做什麼！

傭兵們相互看了一眼，最後一窩蜂地衝向埃羅爾。

因為被黑壓壓的人群包圍，我看不見情況到底是怎樣，大概幾秒之後，傭兵們突然一個個被震飛，跌得東倒西歪躺在地上哀號。

而埃羅爾像沒事人那樣站起身，厭惡地蹙眉，「弱死了。」

……擔心果然是多餘的，雖然我已經麻痺了。

「不准動！」

「！」

突然感到有涼意貼在我頸子上，隨後是一雙有力的手將我從後面箝制住，動彈不得。我愣愣地低頭一看，竟然是一把泛著鋒芒的刀架在我脖子上！

埃羅爾向前走一步，眼神慍怒，「主人！」那表情不同於平常的他，就連我看了都感到某種恐懼感自心底瀰漫。

「別過來！否則我就不客氣了！」架住我的傭兵稍稍退了一步，身體微微顫抖。她小聲地對我說：「你別亂動，我可不想傷害你，乖乖跟我們回去吧。」

這時我聽見更多的腳步聲自後方樹林傳來，鐵定還有其他人趕來。

想到要回去，我就嚇得渾身發汗，「不、我不要！放開我！」

掙扎中，我感到一陣毒辣辣的疼痛抹上頸子。我愣愣地低頭一看，這才驚覺寒森森的劍鋒上多了鮮血的痕跡。

傭兵驚呼：「對、對不起，我不是故意——」

「竟然敢……傷害主人……」埃羅爾低喃著。

聽到那低沉的宛如野獸嘶吼的嗓音，我愣愣地抬頭，卻見他總是木訥的臉居然有了隱隱憤怒的表情，「埃……埃羅爾？」覺得他不對勁，我試著喚他。

「要妳付出代價——！」埃羅爾齜牙一吼。

那吼聲像是蘊藏了大量魔力，朝四面八方掃去，整座森林瞬間颳起不尋常的狂風，狂風鑽過樹林大小的隙縫，造成可怕的嗚嗚聲，宛如數以萬計的鬼魅齊聲哀鳴。

在狂風侵襲下，架住我的傭兵鬆了手，我護著脖子上的傷口蹲坐下來，風中夾雜著大量的草屑及樹葉碎片，拍打著我。

「埃羅爾……」那狂風讓我快要不能呼吸，我瞇起眼睛，卻見埃羅爾不見了，取而代之的竟然是一頭人形怪物！黑色的頭髮上生有一對酷似羊角的盤狀硬角，雙瞳殷紅，左臉與衣物未遮住的部分多了幾條紅色的紋路。

「這、這是什麼！？」我猛地退後一步，卻突然覺得這怪物和埃羅爾有點像……不，是這個怪物根本像極了埃羅爾，就連服裝都一樣……

該、該不會……！？

「天啊、怪物啊！」那名傭兵驚愕大叫。

「吼——！」

酷似埃羅爾的怪物仰天長吼一聲，狂風又起，樹枝被撥弄的沙沙躁響使我無法思考，我一個沒站穩，跌坐在地上，狂風掃過我，砂石飛進眼裡，痛得我直流淚。

「——這是怎麼回事呀！」莉嘉大喊的聲音自狂風中傳來。

當視線恢復些，我瞇著眼，看見艾莉諾菈、莉嘉，還有佛格斯都接連趕來了。

他們三人面色慌張地趕到現場，當看到那頭奇怪的生物時，不禁都傻眼了，「那是……什麼？」

狂風漸漸平息下來。

「啊！」

聽見一聲痛苦驚叫，我慢慢地抬頭，在倒滿傭兵們的凌亂森林中，酷似埃羅爾的怪物揪著那位傷到我的傭兵的衣襟，高高將她抬起，她痛苦地抓著埃羅爾的手臂，雙腿無助地踢甩著，幾乎快要斷氣。

「住手！」看她有危險，我反射性地驚呼。

疑似埃羅爾的怪物一愣，居然還真鬆了手。

那名傭兵整個人軟綿綿地癱在地上，雖然毫髮無傷，但表情呆滯恐懼，沒有一時半刻恐怕無法清醒。

那怪物背對著我，我感覺到熟悉的孤獨感。

「格倫、你沒事吧！」艾莉諾菈和莉嘉趕忙跑到我身邊。

佛格斯拔出劍來，戰戰兢兢地指著怪物，「哪來的怪物！」

「你……難道真是……？」望著怪物的背影，我顫抖地問。

「……」怪物沒有任何回應，朝著森林的深處直奔而去。

「等等——！」我趕緊追上去。

「——格倫！」

就算聽見後頭的人呼喊著我，我也沒有回頭，因為我無法毅然拋下那個疑似埃羅爾的怪物。

第八章
兩人的歷險

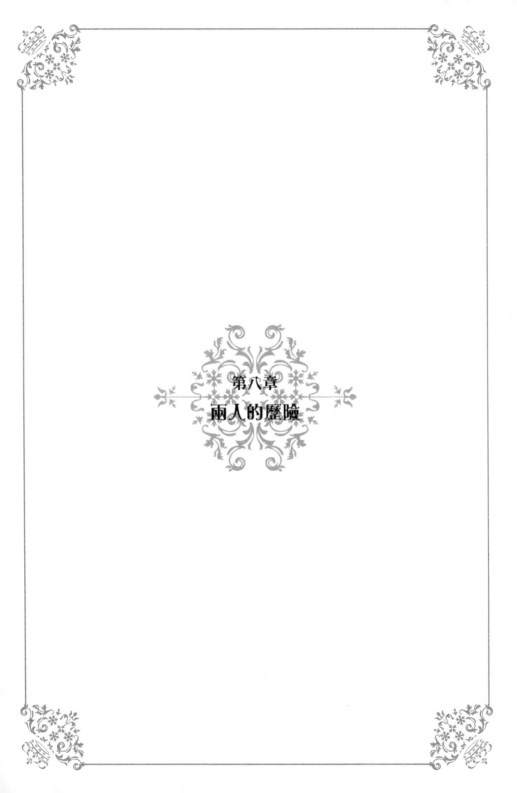

那酷似埃羅爾的怪物往樹林深處狂奔，明明樹林裡的阻礙特別多，但他的速度依舊奇快無比，就連自詡腳程快的我也跟得很吃力，好幾次都要撞上樹，只能勉勉強強追隨在後。

再這樣下去絕對會跟丟！

繞過一棵參天大樹，我撥開草叢，對著他幾乎快被綠意完全遮掩的背影，扯開喉嚨大喊：「——埃羅爾、你是埃羅爾吧！」

語畢，那怪物的腳步果然停下。

他真是埃羅爾！？心裡頭有千百萬個問號，但沒有時間多想，我只能儘快趕過去他身旁，就怕這次真的會追丟他。

在離他約十公尺左右的距離，我駐足。

明明知道他是埃羅爾，但是他變成這般猙獰的模樣，我不確定他是否還是他……應該說，我不確定他是否保有自我意識，我不敢貿然靠近。

樹林間唯有風聲掠過，樹葉沙沙作響，靜到讓我渾身不快。

怎麼回事，為什麼埃羅爾會變成這副模樣？雖然早就覺得存在於他身上的力量太誇張，但我也沒想過有這個可能……難道說，他其實是怪物？

「……這就是我本來的樣子。」埃羅爾突然打破沉默，「從小，我就因為這外貌而被人們厭惡，後來我學會隱藏真面目，但仍無法融入人類社會……連魔物那邊也不被接納。我就是這樣的人……不，我連自己是否算是『人』也不曉得。」

他雖主動開口，卻沒有把臉轉過來的意思。

「走吧，我不怪您。」埃羅爾語氣低沉，「早在看到你們那表情的時候，我就有所覺悟了……縱使你們暫時接納我，也不代表永遠。」

聽他沒有任何情緒起伏地說完這些話，我感到一股椎心之痛。

原來我在不知不覺中深深傷害了他，甚至還直覺地認為他會害人而不敢靠近……而他，全看在眼裡。

「……埃羅爾。」我繞到他的正面，雖然再次看到他非人的模樣還是小小地震驚一下，但我努力不迴避視線，對他伸出手，「一起回去吧！」

埃羅爾盯著我的右手，眼眶微微擴大，卻又避開視線，「……您不怕我？」

「就算會怕，但知道是你，我為何要怕？」我不禁莞爾，「更何況，你是為了幫助我脫困才不惜變回原形……我感謝你都來不及了，怎麼可能還會拋下你？我們是朋友啊！」

埃羅爾匆匆看我一眼，我察覺他的眼眶微紅。

他避開視線，點頭，「……嗯。」

而就在這時候，他頭上的犄角消失了，全身的紋路、深紅色的眼睛也恢復正常，又是原本的他了。

當熟悉的模樣再度回來，我不禁鬆了口氣，「只是，還是這樣子我看得比較習慣就是了。」

「縱使您不在乎，公會的其他人未必會如此吧？跟著我，您可能也會被公會逐出去的。」埃羅爾說著，又稍微別過視線，「現在後悔還來得及。」

看他又急著與他人劃清界線，我拍拍他的肩膀說道：「既然已經說好一起走，那就是夥伴了，沒有人會拋下夥伴不管的吧？況且，我父親已經知道公會在哪，我也無法回去了啊……」

沒想到父親居然出動傭兵來找我，腦海浮現離去前他怒視我的模樣，我就感到人生黑暗……這下子事情越鬧越大，說不定回到城鎮，就能看到通緝單貼滿大街小巷的景象，那我可就完蛋了。

「……那現在？」埃羅爾問。

「……」一時想不出辦法，我望向森林前方，瞥見路途上有一塊小小的木牌寫著某小城鎮的名字，「……先到城外去避難吧？也許過一陣子再回來……」

雖然又是逃亡，不過這次，我不是一個人，也就不再那麼害怕了。

◆※◆※◎※◆※◆

沿著指標所指引的方向，我們離開了森林，並且在黃昏之前，來到了這座陌生的小城鎮。

這座城鎮的城牆大概只有中央之城的三分之一不到，遠遠從外面就能清楚地看見城鎮內部是怎麼樣的景色。房舍與街道東一個西一個，看起來有點凌亂，而且各處都灰灰髒髒的……不論進入城內或是留在城外都不太安全的感覺。

當我們再走近些，發現城門竟沒有守衛看守，甚至連門板都沒有。然而，看似沒有完善規劃的城鎮，人口卻比我想像中還要多。有的人看起來很有錢，不過絕大多數的人看起來很貧窮，衣衫襤褸……甚至有的人身上有腳鐐手銬……奴隸？

裡面的一切都讓我感到陌生又恐怖，我就是無法毅然邁進城鎮內。

仔細想想，這是我長這麼大以來第一次到城外的世界。以前就聽說城外的世界是王國難以掌控的地帶，既不安全又沒保障，人們的水準參差不齊，更糟糕的地方甚至地痞流氓一堆……治安相當糟糕。

「走吧。」埃羅爾直接走進城鎮內。

望著他的背影，我陷入掙扎，「唔……」

眼看埃羅爾的身影要沒入人群中，不想一個人被丟在這，我也只能跟上了。

鼓起勇氣踏入這座城鎮。入耳的盡是嘈雜喧譁的人聲，我不敢貿然跟路上的人對到視線，所以只能用眼角餘光確認埃羅爾的位置，以免跟丟。慶幸現在不是穿著宴會的禮服出現在這裡，否則說不定三兩下的工夫就已經不知道被賣到哪去了……

天啊，就連街道都沒鋪石磚，每次馬車經過都會揚起塵埃，好嗆人！

「來喔！好吃的水果——！」

「好吃的庫拉豬肉——」

走著走著，只聞到各種味道充斥鼻間，有香甜、炭烤香味之外，還有淡淡的血腥味。聽見那些熱情的吆喝聲，我抬頭，這才發覺我們路經城鎮的市集。

來到這裡，人們熙熙攘攘，如果說沒有注意到場景的變化，還真以為自己又回到了繁華的大城裡。我從來不知道逛市集能這麼令我感動。

「喏。」埃羅爾遞來一根由幾顆紅果子串成，上頭淋著白奶油的環狀甜點，「這東西很好吃。」

「謝謝……」先姑且不管點心是他從哪弄出來的，這個果子看起來奇形怪狀，好像有點詭異……不過奶油甜甜的香味卻很吸引我。我小心翼翼地咬一口，發現果子口感清脆而多汁，沾著濃郁的奶油更加香甜，我忍不住讚嘆：「真好吃！」

從埃羅爾眼中可以看出淡淡笑意，「我在城外滿常吃這東西。雖然此地現實嚴苛了許多沒錯，但沒你想像的那般糟。」

沒想到他居然看穿我的心思，我有點尷尬。

「在這，階級明顯，甚至有奴隸制度，我也曾在那階層待過一陣子。」埃羅爾不等我有機會發問，又說：「這裡的一切都得靠自己去爭取，確實艱辛，但大家很努力地活著。」

他望著那些在市場裡忙碌的人們，微微垂下眼簾，思緒彷彿飄到很遠的地方去。

不知為何，經過他這一番話之後，我突然覺得沒那麼緊張了。他以前在城外生活過，這裡的一切他比我了解太多了，既然他都覺得城外沒那麼糟，那我想不管怎樣，應該也是會有辦法過活的吧？

「話說回來，晚上的城鎮街上不會有人，因為有魔物徘徊。」埃羅爾眼中浮現光芒，「有興趣嗎？」

「……沒興趣。」忽略埃羅爾略顯失望的神色，我抬頭看了一眼天空，天邊雲彩不知何時已悄悄渲染成昏黃色。想到晚上有魔物在街上亂走，我就開始不安，「……這附近有沒有地方可以休息？」

「跟我來。」埃羅爾往左邊那條小巷走去。

巷子錯綜複雜，我擔心跟丟，便緊緊跟在埃羅爾身邊。我發現他很熟悉這裡的一切，明明房子看起來都長得差不多，但他居然熟到抄近路走別人家院子都暢通無阻，好像早就走過不下上百遍。

出了這個巷口，映入眼簾的是散立的破舊房舍，我們朝著右方不太整齊的巷口再彎進去，一棟獨立的古老木造建築佇立前方。整棟建築物相當簡樸，招牌上寫著「旅館」，一旁的木板清單清楚地寫著所有提供的房間類型及價位，而入口處有個人就在那等著，猜想應該是老闆。

「雖然環境有點糟，但頗便宜的。」埃羅爾說。

「嗯。」我點頭，正打算去投宿，卻發現有一行人領著馬車，停在旅館旁邊並下車，裡面有幾個人很眼熟……等等，那不是早上那個嚮導還有負責糧食的……不會吧？難道父親他們追到這來了！

埃羅爾看著我，問道：「怎麼了？」

我趕緊躲進巷子，以手勢告訴他，現在不能過去。等他會意後朝我走來，我謹慎盯著他們，「那些人你還認得吧？現在還有別的地方可以住嗎？……不，這個城鎮離下一個城鎮有多遠？」

「離這最近的就是中央之城。」埃羅爾看著那群人走進旅館，召喚出黑劍，「上次是他們耍手段，但這次可沒這麼好過。」說完，竟然起身想追去。

我趕緊攔住他，「不，如果行蹤暴露就麻煩了！」看那些人放下行李陸續走進旅館，怕他們其實就是來找我，我別無他法，「……我們先離開這裡吧，越遠越好。」

埃羅爾聳肩，「……嗯。」

趁他們不注意，我們小心翼翼地繞回城門附近。說也奇怪，不久之前還有那麼多人在這的，怎麼現在跑得一個也不剩？整座城無論大街小巷都杳無人煙，好像都約好同時消聲匿跡似的。

橘黃色的天空已經漸漸被黑暗吞沒，夕陽快要沉入遠方的綿延山巒，城鎮街道的路燈亮起，我覺得還是明天一早再離開好了，「得想辦法在天黑之前找個地方躲……欸？」卻瞥見埃羅爾竟然往城外方向走去，「你去哪啊？」我趕緊上前拉住他。

埃羅爾眼神發光，「很久沒看到魔物，打聲招呼。」

——才怪！你的眼神看起來就不是這樣！

「吼吼吼——」

一聲不尋常的低吼聲響自不遠處傳來。

「該不會……」我戰戰兢兢地往聲音來源的左方望去。在逐漸昏暗的視野中，我看見不少影子遊走，仔細一看，那些都是魔物！牠們從森林深處蹣跚地走出來，身後拖著長長的影子。

「來吧！」埃羅爾二話不說拔劍衝了出去。

「等等！」他衝太快，我還是攔不住他。

魔物發現他的存在，一窩蜂地衝了上去，轉眼間就將他包圍其中。

魔物們對著他又咬又撞，較高等的魔物甚至還使出魔法轟擊，不過顯然牠們的攻擊對他無效，因為我看牠們把埃羅爾包成一顆球後沒多久，三兩下就被擊倒。而持劍的埃羅爾則一口氣突破重圍……

呃，從他渾身散發的怒意來看，顯然很不滿意牠們的實力。

雖然老早就猜到這種結果，但遇到大批魔物，卻對隊友袖手旁觀也說不過去，我只好跟著加入戰場。

面對埃羅爾的暴走，我發現我越來越淡定了。

消滅一批魔物後，埃羅爾追逐魔物的腳步更快了。靜夜下，城外的原野滿是魔物們嘈雜的叫囂聲。只見埃羅爾揮舞漆黑大劍的身影宛如翩翩起舞的夜蝶。月光映照在劍刃上的光痕，透露出他的蹤跡。

雖然他勢如破竹，再加上我的協助，魔物們確實傷不了我們沒錯，但是魔物的數量實在太多了，根本殺不完……我已經有點累了。

揮一把汗，眼角卻瞥見一個影子掠過。

竟是隻綠色的哥布林！

我正想揮劍，但牠早一步將某個東西塞進我的懷抱裡，並沒攻擊我。我愣愣地一看，發現懷裡居然多了一束慘不忍睹的百合花束，甚至飄著詭異的味道。

「嘎嘎！」這隻哥布林看起來頗花枝招展。一身由石頭和拼布組成的裝飾，圓圓的耳垂上掛著兩塊未琢磨的方形金塊，一雙大到嚇人的眼睛眨個沒完沒了，好似在送秋波。

我默默地看向他處，將腐敗的百合花拿離自己鼻子遠一點。就算對方是魔物，但是收了對方的東西，不道謝好像又怪怪的，「呃……謝謝？」我尷尬地笑了笑。

「嘎嘎——」哥布林眼角下垂，大大的嘴巴咧開，笑得燦爛。

「嘎嗚——！」

說時遲那時快，附近又傳來奔馳的腳步與歡呼聲。我還來不及反應，就感覺身邊擠成一團，根本動彈不得。

我愣愣地低頭一看，驚見腳邊被一群魔物包圍，牠們全都帶著一些詭異的東西推向我，例如泥土、咬一半的果子、頭骨、破爛的繃帶之類的，還拚命推擠我，害我差點被熏暈。

請問現在到底是怎麼回事啊！詛咒對魔物也有效嗎！？

「刷！」

被這些疑似禮物的垃圾臭味搞得暈頭轉向，耳邊捕捉到一陣風聲掠過，隨後周遭平靜下來，「……？」我眨了眨眼，這才發現那些糾纏我的魔物呆著臉，在我眼前化為塵埃，而掉落的物品凌亂地撒在我腳邊。

埃羅爾收起劍，看似平靜地說：「……可真受歡迎啊。」

正想否認，但地面裂痕處突然泛起不尋常的幽紫光芒。紫黑色的光痕乍看之下組成了酷似魔法陣的東西，我一愣，「怎麼回事？」

同時伴隨著魔法陣出現的是一片奇異的雲霧，它自裂縫中鑽出後隨著風蔓延向天空，就連皎潔的月亮也被染上了不祥的色彩。地上的魔法陣消失後，我愣愣地仰頭望著這奇怪的光霧。那到底是什麼東西……？

「嗚嗚——」

「……你有沒有聽到什麼聲音？」我感到背脊發涼。

「嗯。」埃羅爾謹慎地瞟向暗處，「魔壓很強，很近，而且不只一個。」

——有魔物！？

「轟隆隆隆——」

地面的劇烈震盪使我難以站穩。混亂中，我驚見前方的地面龜裂、隆起，並且從中迸出一個大概有十幾公尺那麼高的岩石巨人，牠胸口部分有紫黑色的五芒星閃耀。牠睜開細小的紅色眼睛，以大得不成比例的拳頭捶打自己的胸口，沉重的砰砰聲響使我耳朵發痛。

「石人！」我認出這魔物，但第一次親眼看到這般巨大的！

而且那紫黑色的五芒星……不是守護者才有的記號嗎？

「還有。」埃羅爾看向另外一邊。

我趕緊抬頭一望，只見灰暗的天空掠過一道黑影，而原野上也出現高大、搖晃的魔物影子。那種魔物四肢又細又長，酷似人類的臉龐看起相當陰險。除此之外，也陸陸續續出現不少怪物。

而天空周旋的黑影低飛，牠四足著地之時地面一陣晃動，四周塵土飛揚而起。這魔物頭部是老鷹，但身體部分則酷似蜥蜴，後頭拖著又尖又細的雙尾。牠的胸口竟也有一枚紫黑色的五芒星！

——又是守護者！？一次出現兩個？

「守護者不是只有據點有嗎！」我嚇出渾身冷汗。

「不知。」埃羅爾握實手中的劍，看到一群魔物，眼神難得顯現出殺意，「退到後面去，我保護您！」二話不說，他直接衝向那頭離我們最近的鷹頭蜥蜴。

「埃羅爾！」哪能讓他獨自應戰，我前去支援。

只見鷹頭蜥蜴張大嘴巴，從硬質鳥喙中噴射出噁心的綠色液體，埃羅爾靈巧地閃過，並且朝牠腹部揮劍，但牠胸口的紫黑色五芒星閃出光芒，將埃羅爾的攻擊彈開。埃羅爾被魔力波震飛，隨即他以蹲姿穩住向後退的步伐，並沒有倒下。

鷹頭蜥蜴想乘勝追擊，朝埃羅爾疾馳而去，我趕忙使出速度較快的劍法，試圖拖住牠。牠眼神緊盯劍遊走的方向，非常精準地避開每一擊，速度與我不相上下。我看準時機，空著的左手掌心凝聚紅色的魔光，「火光！」

「嘎！」

紅色光芒在黑暗中格外刺眼，鷹頭蜥蜴近距離被灼痛眼睛，發出淒厲驚叫，猛烈蹬地的同時怒張雙翼，振翅逃回夜空中，強勁的狂風撲打在我身上，差點被吹倒。

「小心！」

「鏗鏘！」

在埃羅爾呼喊的同一秒，金屬碰撞產生的鏗鏘響就近在我耳邊。我滿身冷汗地趕緊回頭，驚見埃羅爾持劍獨自撐下石巨人的大拳頭。而那些在附近徘徊的魔物們正蠢蠢欲動。

「星之步！」我腳踝周遭浮現紅色的魔法光暈。

看準了魔物們的移動位置，速度大幅提升的我，精準地解決掉所有意圖偷襲埃羅爾的魔物。

埃羅爾推開石巨人的拳頭，趁著笨重的石巨人還未站穩之際，解決掉其他再次湧上的魔物，我也與他並肩作戰。

原以為已經將戰況控制住，一陣不尋常的風突然從旁掃了過來。我眼角捕捉到一抹從空中掠過的殘影，猛地回頭，驚見鷹頭蜥蜴張牙舞爪地朝奮戰中的埃羅爾背後撲去，「埃羅爾！」

我奮力邁開步子，掌心正對鷹頭蜥蜴，「火光！」眼看距離不到十公分就要撞上牠，這近距離突然乍現的光芒嚇得鷹頭蜥蜴嘎嘎大叫，牠重心不穩地摔在地面。

而我被強風推倒在地，痛得閉目齜牙。

「痛……」感到有光影在眼皮上跳動，我愣愣地張眼，卻見石巨人胸口的五芒星湧現強烈的光芒，就連倒下的鷹頭蜥蜴的胸口印記也跟著有類似的反應，而周遭的魔物們散得飛快。

詭異的是，當光芒強到足以刺痛眼睛，令我不得不用手去遮擋時，鷹頭蜥蜴以及石巨人居然消失了，而空氣中飄浮的紫黑色雲霧凝聚成一團，上頭浮現一張醜惡的臉，簡直就是另一種怪物！

「怎、怎麼回事？」望著那團呈逆時針旋轉的雲霧，雲霧裡面的邪惡笑臉讓我不禁愣住。

「唔……」

聽見哀鳴聲，我立即回頭，見到埃羅爾一臉痛苦地單膝跌跪在地上，手中的劍消失了。他五官糾結成一團，右手抓著左邊的胸口，臉上冷汗涔涔。

「埃羅爾！」我想衝上去攙扶他。

「別過來……我的力量被……」埃羅爾咬牙，聲音聽起來痛苦極了，「快走！」

我這時才察覺，極細的紫黑色魔力光線束縛著埃羅爾，而出手的人，就是那來路不明的詭異黑霧！

我藉著城鎮微弱的光，試圖斬斷纏住埃羅爾身上那多如牛毛的紫黑色光絲。但它們擁有再生能力，不管我砍斷多少，它們總是會從不同的地方又生出來，數量永遠不會少，且依舊牢牢地捆綁住埃羅爾。

「呼、呼……」我汗如雨下，靈機一動，試著將魔法凝聚在劍上，讓劍身包覆著紅色的魔法之光。

「看招！」我退開一定的距離，持著散發紅光的劍，對準那些惱人的光絲猛力揮去。只見一道如新月般的紅色魔法刀刃直線飛馳出去，咻的一聲劃過地面，形成一道尖銳的痕跡。

紅色風刃一口氣橫切過黑霧延伸的無數光線，同時也削去牠一部分的影子。

「吼吼吼——！」

牠發出一聲怪叫，而埃羅爾單膝蹲在地，大口的喘著氣，「畜生……竟敢奪走我的魔力……」

「快逃！」趁著黑霧陷入受傷的驚恐，我趕緊衝上前去抓住埃羅爾的手腕，攙扶他搖搖晃晃的身體，想帶他躲入城鎮中避難。

「唔！」埃羅爾突然悶哼一聲，倒地不起。

手被甩開，我愣愣地回頭，卻驚見黑霧自缺口處噴湧出大量灰銀色、半透明的球體。球體上頭竟有一張張的人臉，它們宛如浪潮般鋪天蓋地的往我們這邊撲來，我瞠目結舌地傻住。

這是什麼！

靈體在我面前不到一公尺處全往下鑽，我愣了一下，低頭，這才驚覺原來它們的目標是埃羅爾！它們爭先恐後地鑽進埃羅爾的身體裡，他裸露出來的皮膚上浮現一張張指頭大的黑臉，竟在詭笑！

「唔！」這情景看得我雞皮疙瘩湧現。我試著揮劍阻攔它們的侵略，但一連串的攻擊對這些靈體完全無效，「埃羅爾！」我呼喚幾聲卻不見回應，看來他已經陷入了昏迷中。

我試著去移動他的身體，但那些靈體張牙舞爪地對我嘶吼，不讓我靠近，一張張詭譎的臉使我感到頭皮發麻。

「埃羅爾！」我慌亂地對空猛揮劍，只換來滿身汗與疲憊。當周遭嘲笑似的嬉笑聲消失，黑夜中只剩下我紊亂的呼吸聲時……我緩緩地張開眼。

奇怪的黑影以及半透明的靈體都消失了，寬闊的原野上只有我留下來。

渾身筋疲力竭的我腳一軟，跌坐在地上，望著遠方一陣呆然。

當一陣來自野外的冷風吹拂而過，我驚醒，「埃羅爾！」趕緊回頭查看埃羅爾的狀況，卻見他身上遊走著數也數不清的黑色人臉。每一張臉的情緒、樣貌都不同，它們對我咧著嘴，使我驚愕地退開幾步。

——這、這是什麼啊！

「天啊……這到底是……？難道又是詛咒嗎？」我試著去觸碰埃羅爾的手，發現他的手冷得像冰塊一樣。在一片無人能求救的黑暗中，我惶恐地望著失去意識的埃羅爾，腦袋一片紊亂。

此時，天邊呈現三角形的幾顆閃爍紅星引起我的注意。

那是往中央之城的方向！

——不、我要救他！就算冒著被抓的風險！

「埃羅爾、你撐著點！」我將外套脫下，披在他身上。瞥見擱置在城外的小型拖車，我將他放上去安置好，拖著他奔馳向中央之城的方向。

第九章
埃羅爾的秘密

「呼、呼……」眼看就快要到中央之城了，但是拖著埃羅爾穿越森林後，我早就筋疲力竭，腳步連跨出去幾公分都很痛苦。

最後再也撐不住了，我雙腿一軟，倒了下來，換來滿鼻子的土腥味。

──可惡……只差那麼一點啊……

「那個是……？不會吧！」

「大家、快來這啊！」

不知從何處傳來了人聲以及急促的腳步聲。

──糟糕……難道是父親的埋伏嗎？

算了……至少埃羅爾可以得救……

就在我昏昏沉沉地差點進入夢鄉時，突然感到一陣力道將我拉離地面。

「小子！聽得到嗎！」

那粗魯的聲音震撼我疲憊的腦袋，我吃力地張開眼睛，朦朧的紅髮影子……是佛格斯！

「佛格斯……」努力從乾啞的喉嚨中擠出聲音，我從來沒有想過看到他的時候我會這麼開心。接著我瞥見有更多的人出現，莉嘉、艾莉諾菈都來了，「大家……救救埃羅爾……無論如何……拜託了……」

最後幾句話氣若游絲，我不確定他們是否有聽見。

耳朵鑽進莉嘉氣呼呼抱怨的聲音，「先別說話了啦！真是的！知不知道我們為了你們找得多辛苦啊！」

——找我們？難道他們不在意嗎？

「好了！先別說那麼多了。莉嘉，麻煩妳把埃羅爾帶回公會！」艾莉諾菈溫柔的嗓音中帶了些急迫。

我感覺到身上有一陣溫暖籠罩，應該是艾莉諾菈的魔法，使我疲憊的身軀有好轉一些了。

接著，又感到有東西覆蓋在我身上。

「遮好，別讓格倫被外人看見了，公會集合。」艾莉諾菈的聲音傳來。

「嗯，等會兒見。」佛格斯回應。

接著我感覺有人將我揹了起來，這身結實的肌肉與寬闊的臂膀，應該是佛格斯。

我癱在他背上，任他揹著走。

搖搖晃晃的，我突然感到一陣睡意……

◆※◆※◎※◆※◆

「埃羅爾怎樣了！」

「我雖然已經用聖水為他淨身過了，可是效果不好……」

「那就用最高等級的驅魔聖典嘛！艾莉諾菈妳沒問題的呀！」

「不……他可能不能承受……」

原本昏昏沉沉的思緒，因為嘈雜的討論聲而漸漸清晰起來。

我緩慢地睜開雙眼，熟悉的橫條木板的天花板映入眼簾，轉動脖子看看四周，我確實是回到了公會，躺在待客沙發上。

而大家聚成一團，在窗邊討論。

雖然才離開公會一陣子，但怎麼覺得已經很久沒回來了？

「噠噠噠噠——」

一陣急促卻輕巧的腳步聲傳來，我認出應該是莉嘉。

「發現格倫醒來了！」莉嘉雙手搭在沙發的扶手邊，臉出現在我正上方，「你還好嗎？還活著嗎？想要吃甜點嗎？」她頭上的黃色虎斑貓探出了頭，小小的鼻子動了幾下。

艾莉諾菈及佛格斯也走來。

「嗯……託你們的福。」我想起身，一個濕答答的東西從我額頭上掉下來，原來是條摺疊好的毛巾，「好像是第二次這樣了，真是不好意思……」我望向其他兩人，尷尬地笑了笑。

想到上次我們突然不告而別，現在卻因為負傷而厚著臉皮要他們幫忙，真是不上道。愧疚之下，我稍稍避開視線，「謝謝你們再次幫忙。」除了道謝之外，已經找不到別的話了。

「你們是我們公會的一分子，是家人呀！這麼客氣做什麼！」莉嘉說著，頭上的貓咪也跟著喵了一聲。

不過佛格斯飛快地瞟我一眼……總覺得他似乎不太贊成莉嘉這番話。

「雖然沒受傷，但看你的樣子簡直是累壞了……」艾莉諾菈拿走掉落在地上的毛巾，用手輕觸我的額頭。

這溫柔的舉動，使我的心為之一顫。

一陣熱度不由自主地往臉頰湧上來，「我沒事……謝謝。」

「咳咳！」任誰都能聽出佛格斯的咳嗽聲刻意到不行。

他湊近我，把艾莉諾菈的手順便拉開，「是說埃羅爾這次又怎啦？怎麼一天到晚都在被詛咒？在短短兩週內能被詛咒兩次的人還不多哩！」

聽他的語氣……好像還不知道埃羅爾的真實面目。

「你們……應該都看到埃羅爾的真實模樣了吧？」這事遲早都得面對，我決定把話說明白，但我不確定這是否會打破如此和諧的氛圍，「就算如此……你們難道……不怕他嗎？」

現場一片靜默，我感到空氣凝結成冰的錯覺。

接著，我的額頭被艾莉諾菈彈了一下，「傻瓜。」

「唔？」我摸著額頭，看著艾莉諾菈無奈的笑臉。

「埃羅爾一直都是好孩子呀！每次格倫有危險，他總是跑第一個幫忙的呢！哪有壞人會這麼積極的？」艾莉諾菈微笑著，那溫柔的眼神就像天使般澄澈，「況且他是我們的家人……我們怎麼可能會嫌棄他呢？」

聽她這番答覆，我心底湧現無比的暖意，眼前不自覺模糊了。

原來先前那些疑慮都是多餘的……要是埃羅爾聽到這些話，一定會很感動吧？太好了，原來除了我之外，還有那麼多人信任他……

「啊啊啊，只不過第一眼看到那模樣還真是……」佛格斯雙手環胸，揚起左邊眉毛，視線往上挪移。但他突然想起什麼似的一愣，臉頰微紅地別過頭去，「嘖！我才沒被嚇到！」

「才不呢！根本帥斃了！」莉嘉雙眼閃閃發光，雙手握拳，「人家也要跟埃羅爾學變身！人家想要變成古世紀大恐龍！還要會噴火的那種喔！」

……她好像誤會什麼了？

「……那時候他走掉，其實是怕你們討厭他。」想起他說過的話，我的心情稍微沉了下來，「他經歷過很多事情……都不太好受，如果他聽到你們願意接納他，一定會很開心的。」

「嗯……」艾莉諾菈點頭，視線看向別處，思索了一會兒，「其實……我之前就發現了，只是一直沒說……」

見艾莉諾菈欲言又止的模樣，大家好奇地問道：「什麼？」

艾莉諾菈抿了下唇，說道：「埃羅爾他……復原能力好得驚人對吧？而且明明受到嚴重的詛咒，聖屬性竟然也能這麼快就被吸收進去……就好像……兩者達到平衡就會相安無事的感覺？」

「啊？」莉嘉和佛格斯不約而同地愣聲。

「意思是……他的身體特別容易接納這兩種屬性？」我嘗試性地提出解答，「難道說……這跟他不會受傷的體質有關係？」

艾莉諾菈點頭，「是的，雖然不知真正原因為何。」她的表情突然變得凝重，「而且這次的狀況真的很詭異……他渾身上下都已經轉換成暗屬性，卻仍保有自我……就好像最強詛咒對他來說，也只能造成永眠的影響，並不能使他消滅。」

「永……眠？」我心底一涼，「這是什麼意思？」

莉嘉及佛格斯也陷入沉默。

艾莉諾菈垂下的眼睫毛微微顫抖，「這個詛咒只有最高等級的淨化魔法能解，但是他現在全身都是暗屬性，若對他用最高等級的淨化魔法，那可是害了他而不是幫助他。因此，我只能暫且延緩詛咒蔓延……埃羅爾如果一週內解除不了詛咒的話，恐怕就不會再醒過來了。」

「！」聽到這些話，我有半晌無法思考。

埃羅爾他一直以來幫助我那麼多，好不容易他被大家接納，也對我敞開心防了，但現在卻又因為詛咒而……

若我沒大意接下任務，就不會發生這種事情了啊……

深陷自責的漩渦裡，發覺快要沉淪下去，我趕緊拍拍臉頰讓自己清醒，「有沒有別的方法可以救他？」

艾莉諾菈稍稍移開了視線，與其他兩人看了一眼，「有是有……但我覺得可能不太安全。」

一聽到有機會，我眼前馬上亮起來，「說說看！」

「嗯……我也說過了。詛咒這種東西除了用聖屬性驅逐、使用大量黑珠凝聚成的萬靈丹之外，另外一個方法……就是請施術者自己收回詛咒。」

我心涼了半截，「可是……那個怪物已經消失了啊……」

「不，我認為有能力使出『終夜』魔法的人……應該不僅僅只是守護者而已。更何況，守護者在那時居然出現兩個，最後甚至合併為一，表示牠們打從一開始就是一個個體。會使用這種魔法的人絕非泛泛之輩。」

「妳的意思是……？」我越聽越模糊，但隱約感到哪裡不對。

「嗯……其實我曾經看過類似的詛咒……那是一支遠征北方荒蕪之城的皇家自衛軍隊。那次遠征慘敗，被送回來的人們身上都出現這種詭異的臉……但數量還不到埃羅爾的一半。他們被送回來沒多久就死去了……還變化成妖魔，被主教們驅散。」艾莉諾菈垂下眼簾，似乎陷入過去的回憶中，表情凝重而嚴肅。

「變成……妖魔？」我的聲音稍稍顫抖著。

「嗯。」接口說下去的佛格斯聲音有點啞，眼神寫著不安，「那真是令人做噩夢的東西。能做到那種事情的，大概也只有『惡渡者』那傢伙了。」

莉嘉歪著頭，並沒說話。

所謂的「惡渡者」，是位居在整塊大陸最北端，被黑暗吞噬的荒蕪之城的領主。沒人知道大陸北端是何時被黑暗占據的，只知道黑暗正一點一滴地往南方蔓延，而逐年增加的黑色據點就是跡象之一。

「如果要救埃羅爾的話……難道……要到荒蕪之城去？」我說出臆測。

他們點頭。

荒蕪之城，傳說中是上個王朝時代的主城遺跡，因為亡朝時的怨恨，使黑暗流連不去……最後居然演變成寸草不生、終日黑暗，盤踞著數也數不清的黑暗魔物的恐怖之地……

而「惡渡者」——傳說中就是死去的領主為了復仇而自地獄歸來的可怕惡靈。據說只要看見他真面目的人，從來沒有一個能安然活下來。但這樣的惡靈，我不曾聽過他離開荒蕪之城，而且為何偏偏要找上我們？太詭異了！

「哎唷、反正就是把那個惡渡者打敗，埃羅爾就能恢復正常了嘛！」莉嘉嘟著小嘴，雙手扠腰，「那東西到底有什麼好怕的？人家一拳就把他揍飛去！」說完還煞有其事地捲起袖子。

雖然很佩服她的勇氣，但我不得不說如果惡渡者真這麼弱，皇室怎麼可能每年要花那麼多經費去獎勵取得黑珠的人？

荒蕪之城，是黑暗盤據的世界，很可怕……

但是……每次都是埃羅爾幫我，這次換我幫他了！

「我想去看看。」我握緊拳頭，心臟鼓譟著，「無論如何……我必須試看看！」

語畢，在場三人皆望著我，一臉錯愕。

「雖然不知道我是否能幫上忙，可是……我……沒辦法眼睜睜看埃羅爾再也醒不過來……」我想起過去的事情，雖然一場誤會開啟了緣分，但後來他確實成為我身邊不可或缺的好夥伴。

「放心，我會一個人去，不會給你們添麻煩……」話還沒說完，我感到額頭又被彈了一下，我愣愣地抬頭，卻見艾莉諾菈笑著望向我，而其他兩人也同樣帶著微笑。

「你在說啥啊？這麼酷的事當然是由我來帶頭！老是出風頭可是會被討厭啊！」

佛格斯明明應該是對著我說話，眼睛卻從頭到尾盯著艾莉諾菈看，「你這小新人還是乖乖站遠點吧！」

莉嘉高舉雙手，跳呀跳的，雙股辮也跟著擺晃，「人家也要去！」她頭上的虎斑貓也莫名地跟著揮動右掌，發出困惑的喵嗚聲。

「是呀，既然是公會的成員，當然要一起行動了，我想你不會反對吧？」艾莉諾菈微笑地拍拍我的肩膀，「這次可別想著一個人承擔了，偶爾也依賴一下我們吧？」

「大家……」他們的話使我大受感動，我不禁感到語塞。

當初加入公會，只是想著不用離開城鎮，卻沒想到我居然會得到一群家人。這樣不計報酬地互相扶持、鼓勵，在我那充斥著銅臭味的家庭中從沒體驗過。這些命運交錯的夥伴們，給了我前所未有的安全與歸屬感。

感到眼眶一陣熱，我稍稍低下頭，「謝謝你們……」

「好啦好啦！都還沒成功道啥謝喔！不過給我記好，我可是因為你是成員才這麼做的！」佛格斯伸出手，而其他兩人非常順手地將右手覆蓋在上頭。三人不約而同地看向我，似乎也示意我跟著那麼做。

我有點緊張地伸出手，覆蓋在上頭。

「大家！我們這次可要出遠門任務啦、非完成不可！」佛格斯以他那大嗓門朝氣十足地大喊，聲音來回在大廳內震盪。

看大家高舉拳頭，我也跟著這麼做。

「喔！」大家齊聲的歡呼幾乎快要掀開屋頂，而當這樣大喊出來，總覺得勇氣似乎也跟著油然而生。

看大家笑得開心，我也不禁笑了。

有他們在……不可能的任務好像也不會太難了。

◆※◆※◎※◆※◆

為了解除埃羅爾身上的詛咒，我們公會一行人踏上了旅途。

我們帶上仍在昏睡中的埃羅爾，搭上馬車商隊到達北方城鎮——柯伊拉。

因為這附近黑色據點實在太多，寸草不生的土地向北方蔓延，魔物常出沒於此，商隊只送我們到這裡就要折返，接下來的路程我們只能徒步向前行了。

我們道別了商隊，在烈日折騰下，於柯伊拉這座沙漠城鎮裡的週日市集購買旅程必需品。

在人來人往的熱鬧市集中，佛格斯和莉嘉還在和商家討價還價，我在一旁喝水，拉開領子搧風，卻瞥見陷入三天沉睡的埃羅爾總算清醒過來。

「唔……」埃羅爾用手遮住刺眼的烈日，在拖車上緩緩地坐起身來。身上的斗篷帽子滑了下來，他滿身大汗，前額頭髮都黏成一團。

也許是白天的關係，暗屬性被壓制，他身上的密集黑色人臉變得比較不明顯。為了不驚嚇到路人，佛格斯老早就幫埃羅爾穿上斗篷了。

「熱……」埃羅爾下意識想要弄掉斗篷。

「你醒了，要不要喝點飲料呀？」艾莉諾菈早一步走上前來，端了一杯用椰子果核裝的冰涼飲料給埃羅爾，並順手將他的帽子拉上。她一頭耀眼的柔長金髮在後腦杓盤起來，垂下幾縷微捲的髮絲，看起來隨興而優雅。

埃羅爾瞇起眼睛看著飲料，二話不說拿起來就是咕嚕嚕灌下肚，三兩下便喝個精光，並將果核還給艾莉諾菈。

「怎麼樣，還好嗎？」我用手帕擦去額頭上的汗水。

「嗯，還好。」埃羅爾的臉色還是有點白，那些不明顯的人臉乍看像是一個個小小的傷疤，但卻會浮動。他扶著額頭，看了一眼燦爛到有點惱人的烈日，瞇起眼睛問道：「這是何處？」

在人來人往的市集中，我和艾莉諾菈交換個眼色。

這時我才想起，一直想著要帶埃羅爾去荒蕪之城找惡渡者，但是卻還沒有和埃羅爾本人講過這件事情，現在不就是個好機會嗎？

「是這樣的……」我將事情的原委告訴埃羅爾，想著他是病人，我的語氣自然放輕，「荒蕪之城雖然很危險，但是別擔心，只要大家同心協力的話一定……」

「有趣。」埃羅爾死氣沉沉的雙眼瞬間變得有神，「若被一群特強的魔物圍毆，這次總該成了吧？」

……我都忘記他有「被害飢渴症」！

「大家，都準備好了吧……噢噢，你可醒啦！」佛格斯與莉嘉各自扛了一大袋貨物，發現埃羅爾清醒了，便將東西放在地上，用頸邊垂下的毛巾抹掉汗水，關心的問道：「還好吧？」

莉嘉飛撲進埃羅爾的懷裡，抱個滿懷，「埃羅爾——！」

埃羅爾拍拍將自己當成樹來抱並在懷裡蹭來蹭去的莉嘉，抬頭看向佛格斯，「我都聽說了，現在就出發吧！」充滿幹勁的雙眼閃閃發光。

雖然知道埃羅爾是因為迫不及待想「遇害」才這麼有精神，不過還是令我感到欣慰，畢竟看他躺著好幾天了，連睜開眼都沒有，實在很難過。

現在他醒來了，他還是他，還是我熟悉的那個人，真是太好了。

物品都準備齊全了，我與其他夥伴們交換眼色，「出發吧！」

第十章
勇闖荒蕪之城

離開柯伊拉之後，我們直線朝著正北方邁進。

北方區塊氣候相當炎熱乾燥，放眼望過去是綿延的紅色岩石，銜接著無雲的湛藍天空。烈日在晴空中撒野，將土地烤個乾裂，沒有任何動物出沒，一片死寂。焚熱的空氣扭曲遠方的景色，受盡日曬的我們早已是汗如雨下。

口永遠是乾的，水怎麼喝都不夠。

期間，我們確實看見不少黑色據點散立在乾漠上，埃羅爾總是想往那些地方走，好幾次都是我們用盡力氣才把他拖回來。

在這惡劣的環境下，連說一句話的體力都沒有。我低頭，踏出的每個步伐都需要一點勇氣，實在不知道何時才會到達盡頭。被太陽無情曝曬，又熱又乾，就像整個人被塞入烤箱折磨一樣。

天啊……旅行商人每天都要走好幾里的路，我從來不覺得有什麼困難，現在自己走過才知道，原來這一點也不輕鬆……

「就在前面了！」

「終於——」

聽見佛格斯大喊和莉嘉歡呼的聲音，我喜出望外地抬頭，卻被眼前的景象震懾。本該是明亮的荒漠景色，但過了斷崖之後，就是另一個世界。被斷崖隔絕之處僅有幾座不太可靠的黑色危橋連接至對岸，而橋的另一頭，是一片灰暗的詭異陸塊。那裡的上頭被象徵不祥的紫黑色雲霧環繞著，中心部位確實有座城市的輪廓，只不過黑漆漆的，像極了鬼城。

看著眼前這表明「生人勿近」的景色，我遲疑了許久。

唯獨埃羅爾毫不猶豫地走向前去，哼著有點走音的小調。

「等等人家、人家也要當前鋒——！」莉嘉跟了過去。

佛格斯刷地拔出長劍，「艾莉諾菈，跟好我後面！」丟下這句話之後，他也跟著踏上危橋。

艾莉諾菈隨手將金髮紮在側邊，神情專注，為大家放了一些提高勇氣的魔法後，也尾隨而去。

看大家一個個都踏上征途，我鼓起勇氣，踩上大概只有一公尺寬的危橋。懸崖底部不斷送來幽幽冷風，發出類似鬼魂的哀鳴。

——不能往下看……不能往下看……

但我還是很好奇底下是什麼，稍稍看一眼。只見黑幽幽的深谷望不見底，蒸騰的雲霧之中，有紅色的火光在躍動。

我發現有個黑色、長條的影子穿梭在其中……當它突破雲霧，居然是一條骷髏巨蛇，正張開白森森的血盆大口，眼看就要撲來！

「等我！」我嚇得抓住危橋旁的黑色繩索，慌忙地追了上去。

當我們穿越了這條約三、四百公尺長的橋，總算踏上了傳說中的荒蕪之地。

身處在這永不天明的黑色地帶，有種莫名的不安。

漆黑色的焦土僅有一些枯萎、傾倒的樹木散立在其中，一些動物的骸骨白森森地裸露在地，也許是誤入此地的犧牲者。

空氣中飄浮著淡淡腐臭的味道，這我還能忍受，令我真正感到渾身不快的應該是瀰漫整塊大陸的死寂氣氛。它無時無刻提醒我，如果再繼續往前邁進的話，後頭等著的會是更令人難以想像的恐怖世界。

我不禁打個冷顫。

「哼，真是個不賴的地方啊！」佛格斯抹著鼻子，還是一副豪氣萬千的模樣，但他的聲音一開始有點發抖。他拍拍艾莉諾菈的肩，說道：「別擔心，無論發生何事，我一定會保護妳！」

艾莉諾菈似乎跟平常沒什麼兩樣，回過頭報以不疾不徐的甜美微笑，「謝謝。」她將祈禱聖書拿在手中，望向我時眨眨眼，「格倫，你還好嗎？臉色有點蒼白呢。」

沒想到居然被她看出來，我愣了一下。

怎能在她面前露出恐懼的樣子？我佯裝沒事地笑起來，「我沒事，謝謝關心。」偷偷地將手汗擦在衣服後襬。

「嗯，那就走吧。」被莉嘉跨坐肩上、不知恐懼為何物的埃羅爾說道，然後轉頭望向天空紫黑色雲霧盤旋的中心處，瞇起眼睛，「那方向有股危險的味道。」說完，便朝那方向走去。

望著他的背影，走得還真果決。

……突然有點後悔把他帶來了。

「嘻嘻嘻——」

「？」就在我打算跟上大家腳步之時，聽見一聲嬉笑聲掠過耳邊，我回頭，後方一個人也沒有。

我搔搔臉頰，「……是錯覺嗎？」

再轉回頭，卻與一張上下顛倒的臉相對，「哇！」我朝後退一步。

那張臉笑嘻嘻地轉回正常角度，原來是一個長相清秀的粉紅色長髮女孩。她穿著一身飄飄然的衣服……等等，她身體呈現半透明的狀態，而且還飄在空中！是、是幽靈啊！

「嘻嘻，大哥哥，你現在有空嗎？」女幽靈一轉眼晃到我眼前擋住去路。她漂亮的大眼睛凝視著我，但渾身散發著一種冷冰冰的寒氣，笑著說：「你要不要留在這裡陪我？我們可以永——遠在一起唷！」

我趕緊閃過她撲來的吻，額頭不爭氣地湧出冷汗，「抱歉，我……」

「神之祝福！」

我身邊漾起淡淡金色的光暈，原本貼很近的女幽靈突然退避三舍。

「誰敢壞我好事！」女幽靈發怒了，粉紅長髮飄盪而起，模樣有些猙獰。

一個熟悉的身影站在我前方，金色的長髮閃閃動人，是艾莉諾菈。

艾莉諾菈解除我身上的魔法，對幽靈溫婉一笑，「不好意思，打擾妳的興致了。可是他並不是屬於妳的人喔，所以抱歉，只能插手了呢。」

——這……意思是……我屬於誰呢？

「什麼……妳膽敢搶我的男人……」女幽靈低吼一聲，她身上的衣服瞬間化為了血紅色，飽滿的皮膚逐漸乾枯，雙手變成又細又長、酷似黑色的枯枝，而臉像極了被抽乾的木乃伊，一頭長髮變成雪白，血紅的眼睛怒張。然後，她張大充滿尖牙的嘴吼道：「我要殺了妳……」

腳步聲疾馳而來，走在前頭的人折回來了。

佛格斯大喊：「——是報喪女妖！快摀耳！」

「！」我趕緊摀耳。

「嗚啊啊啊啊啊——！」

雖然已經用手指堵住耳朵，但我還是能感到淒厲的叫聲不停地刺激腦部，震得我幾乎快要暈過去。

「神之守護！」

艾莉諾菈再次詠唱魔法，我感到刺激緩和了下來。

我張開眼，發現報喪女妖仍在哭喊，但我們身邊有金色的妖精光影環繞，似乎就是牠們灑下來的金粉使我們免於噪音侵擾。

埃羅爾掏掏耳朵，「嘖，沒勁。」剛剛沒摀住耳朵，反而將手放在耳後偽裝成收音箱的人就只有他了。

報喪女妖又朝我撲來。

「退後！」埃羅爾擋在我的前方，拔劍，朝著報喪女妖的胸口一揮。

「啊——！」女妖驚叫一聲。

她枯萎的身軀化成一顆顆黑色的微粒，當風揚起塵埃之時，微粒卻化成一隻隻的黑色魍魎。牠們嘻嘻哈哈地飄浮在空中，發出孩童似的尖銳叫聲，「有人類——有人類來了——有食物——有食物來了——」

方圓百里，原本靜悄悄的荒野突然騷動起來。

從枯樹裡頭、岩石隙縫、懸崖旁邊等地，出現一個個奇形怪狀的影子。我是沒看清楚那些是什麼東西，但直覺感到危險，而且牠們的數量如此之多，如果我們被絆住的話，後果不堪設想。

「這還差不多。」原本又恢復死魚眼的埃羅爾，一看到有怪物，眼睛馬上亮了。他召喚出黑劍，迎了過去，「來吧、黑暗魔物！」

又……又來了。

我無奈地抹臉。

魔物們宛如惡狼撲羊那樣從四面八方朝他湧了過去。才轉眼的工夫，我已經找不到埃羅爾的身影。一顆漆黑的魔物大球將他整個人吞沒，而且旁邊還有更多魔物加入混戰。

「埃羅爾！」公會夥伴們驚呼。

就在他們打算上前支援之時，巨大的黑色魔物球向四面八方炸開，死去的魔物瞬間化為黑色的粉塵消散。而位在其中的埃羅爾像個沒事人那樣收起劍，從眼神就能看出來他很不滿意。

更糟糕的是，他又眼神發光地望向比剛才還要多上數十倍的魔物群……

我趕緊衝上前去把他拉回來，「快走、打不完！」不顧埃羅爾的意願，硬拉住他的手腕，往魔物現身較少的方向奔去。

佛格斯及艾莉諾菈也追了上來，後頭嘈雜的腳步與嘻鬧聲不絕於耳，我實在不敢想像到底有多少魔物跟著我們。

我偷偷回頭瞅一眼，後頭的魔物簡直就像黑色的潮水一樣洶湧，腦海閃過被吞噬的畫面，瞬間感到一陣顫慄，我卯足了勁往前狂奔。

當濃霧稍稍退去，我這才注意到，原來天空上紫黑色雲霧盤繞的中心正是那座漆黑色的城市——荒蕪之城。雖然我只能看見城鎮隱約的輪廓及顏色，但卻給我一種前所未有的恐慌感。

越靠近城市，魔物越少。怎麼覺得……這是要將我們逼進去？

帶著忐忑不安的心情，我們穿過縹緲的紫黑色雲霧，古老且充滿死亡氣息的城鎮映入眼簾。我們繞過雕有古老花紋的黑色半開鐵門，正式踏入了這座古老的城市。

放眼望去，寬闊的荒蕪之城散立著大大小小年久失修的建築，房子大多平矮，沒什麼特別的鑑別度。乾枯的土地孕育不出草木，只有不知道枯死了多少年的殘木佇立在城郭，詭異的黑色蝙蝠棲息在上頭。

這裡的時間彷彿是靜止的，停留在被毀滅的那一刻。

也許是被氣氛所影響，我不自覺地放緩腳步。

不過，傳說中的荒蕪之城的領主到底藏身何處？是在那間看起來很寬的洋宅？還是左前方那座比其他建築物都還要高的黑塔？

——唔，怎麼哪個都好可疑！

「馬車耶。」

聽莉嘉高喊，我回頭望向她那方。

只見莉嘉蹲在一旁，歪著頭觀察在荒蕪之城鐵門右方的雜物。那堆雜物乍看之下似乎是什麼木製的東西碎裂的樣子，我們走上前細看。

嗯？有輪子，看樣子，確實是馬車？

「是哪個商隊迷路到這來嗎？」佛格斯隨手拾起一塊木板，揚起一邊眉毛，「連車廂都碎成這樣，我看裡面的人是凶多吉少了吧？」

艾莉諾菈交握的雙手置於胸前，由她身邊蔓延出去的淺金色光輝包圍著這遇難馬車。過了好一會兒，她解除魔法，面色凝重地搖搖頭，「嗯……裡面的人也許早就逃到外面去了吧？」

「所以那個惡渡者在哪嘛？」莉嘉覺得無趣地繞過殘骸，拉著埃羅爾的衣角，「埃羅爾，怎麼都不說話？」

埃羅爾盯著黑色鐵門看，瞧他這副模樣，就知道他鐵定很想衝出去和外頭多如潮水的魔物一較高下。雖然這裡的魔物應該不會是埃羅爾的對手，但畢竟是荒蕪之城，誰知道耍暗招的魔物會不會又出現，若他現在的狀態再中詛咒，那可就麻煩了。

瞥見他哀怨地看了我一眼，「……強怪呢？」

我尷尬地抽搐嘴角。

——怪我囉？

「咻……」

一陣陰風吹拂而來，在地面上揚起些微沙塵。

埃羅爾瞇起眼睛，下意識地召喚出黑色長劍，謹慎地掃視著四周。

「發現什麼了？」我問，大家也看向他。

「……一種讓人厭惡的氣息……」埃羅爾抬頭望向紫黑色天空，風將他的斗篷帽吹落，我注意到他臉頸上無數的黑色鬼臉又變得深了些。

第一次看見他如此認真的模樣，我也感到緊張起來。

「**歡迎來到我的領土……**」一道不尋常的低啞男聲自空中傳來。

「！」這詭異的聲音使我一愣，抬頭，除了紫黑色的天空外，什麼也沒有，「聲音明明……」狂風中的沙塵刺痛我的眼睛。

艾莉諾菈抱緊懷中的聖書，在狂風中挽著長髮，「好強大的魔壓……」

「誰在那邊裝神弄鬼！有種就出來單挑！」佛格斯二話不說拔劍指向天空，一副凜然的模樣。但我怎麼覺得他眼角盯著艾莉諾菈看？

揉眼，當眼睛感覺好點之後，我再次抬頭望。發現盤旋在天空那象徵不祥的紫黑色雲霧，凝聚成個頭上有角的人，披著披風的輪廓。他渾身散發陰森邪氣，直覺他絕非善類。

「你就是惡渡者？」埃羅爾眼中浮現銳利之光，「聽說你很強，能傷我？」早已召喚出漆黑的長劍，隨時能上陣。

他竟然向惡渡者下戰書，我真是服了他的少根筋……

等等，現在不是佩服的時候！他這麼做根本是把我們所有人抓去陪葬！

「不，我們只是想請您解除詛咒……如果可以，不想打……」雖然已經覺得無望了，但我還是掙扎著解釋一下來歷。

埃羅爾完全不懂我的苦心，劍鋒指向黑霧，「接招吧！」

「**哼，挺有膽量啊，那就來找我吧！**」

惡渡者哼笑一聲，人形的雲霧拉起斗篷一甩，紫黑色的濃霧自天空降下來，飄浮在整座荒蕪之城中，吞沒了我們的視野。霧中亮起了許多不懷好意的紅色眼睛，我們小心翼翼地聚成一團，謹慎備戰。

「注意了！」佛格斯喊。

「吼——！」

三條魚型的腐屍自濃霧中竄出，腐爛的大嘴竟然是寒光閃閃的交錯利齒！

在我準備出手迎擊之時，一道黑影竄到我前方——埃羅爾飛也似的撲進了其中一條魚的大嘴裡。

「埃羅爾！」莉嘉驚叫，而我無奈抹臉。

腐魚大口一合，魚的利齒鏗鏘破碎，埃羅爾則毫髮無傷。

他從腐魚嘴裡拔身而出，眼神異常冷酷，揮舞手中的劍，輕而易舉地將三條腐魚斬半，而殘魚的碎片隨風飛散，我們毫髮無傷。

不過大家看得目瞪口呆。

我注意到他的劍變成銀色的，而且腐魚觸碰到銀光就散成灰燼。

「聖屬性？」艾莉諾菈張圓眼睛。

「再來！」埃羅爾揮劍，銀色的刃居然能將濃霧驅逐部分。

就在此時，我發現濃霧中隱約有蠕動的龐大黑影，乍看下像是擁有九條細長頸子的怪蛇，背後甚至有一雙展開約數十公尺寬的翅膀，「那是什麼！」那些頸子同時蠕動的噁心模樣使我冒出一身冷汗。

「還有！」莉嘉拉扯佛格斯的衣角，另一手緊握泛著橘紅色光的魔錘，指向另外一方，「數量還不少呢！」

我順著那方向看去，還真是找到不少奇形怪狀的魔物在濃霧中晃動的身影，牠們唯一的共通點……大概就是朝我們這方向聚集而來！

「見鬼、這也太多了吧！」佛格斯咬牙，高舉手中的劍作為旗幟，喊道：「大家千萬別落單──」

「來吧！」不過埃羅爾壓根兒無視命令，向陣風似的衝向群魔最密集的方向，留下一陣強勁的後風掃向滿臉錯愕的我們。

「埃羅爾！」眼看他的蹤影就要消失在濃霧中，我急忙追去。

「──格倫！」

聽見大家呼喊，但我無法讓埃羅爾獨自奮戰，決心追去。在濃霧中，我看見那頭擁有九個頭的大蛇身首分家，轟隆隆倒地的畫面。那一聲淒厲的尖叫聲，使我的耳朵麻麻痛痛的，有好一陣子的耳鳴。

「終於找到你了！」眼見埃羅爾的身影就在前方不遠處，當距離夠近的時候，我趕緊伸手去抓他。但我居然撲了空，一個重心不穩，跌在地上。

「唔……」我爬起身，卻驚覺眼前景色整個大變。

哪裡有什麼荒城還是濃霧？我現在所在之處，是一座寬闊到嚇人的廳堂，就連天花板都高聳到令人髮指的程度。自高處的玻璃窗撒下的自然光，彷彿絲簾般懸掛在廳堂。旁邊幾盞飄浮的骷髏蠟燭點亮了一定範圍，花斑斑的石牆上滿是以黑色線條勾勒出的鬼怪形象……

空氣中瀰漫著一股難言的詭譎氛圍。

「這是哪……」我愣愣地左右張望，這建築物內唯有一扇刻有魔物樣貌的黑色大門，及幾扇長形的彩色小窗，除此之外找不到其他出入口。

「我怎麼會到這地方來？大家呢？」一個人被丟在這種鬼地方，我東張西望，有點著急。

「咚。」

聽見後方傳來東西落地的聲響，我反射性回頭，卻發現埃羅爾倒在地上。

「可惡……」他發出一聲咒罵，從地上爬起來，隨手拾起那把銀劍。

「埃羅爾！」我鬆了口氣快步走上前，「大家呢？你怎麼也到這來了？」

「不知。」埃羅爾微微瞇起眼睛盯著我，「我看您向前衝，應該是發現有趣的東西而追去，誰知會到這種無聊的地方來？」

我隱約嗅到遷怒的味道。

——欸！別把所有人都當成趕死隊啊！

「呵呵呵……」

一陣突然出現的陰冷笑聲打斷我們的談話。

「誰！」我趕緊回頭，見大廳正中央呈螺旋狀排列的骷髏燈之中，有個身穿黑色外衣的高大人影站在那。

他乍看下年紀約三、四十歲左右，一頭紊亂的漆黑色頭髮有幾分野性的味道。他深紅色的眼瞳凝視著我們，臉上掛著高深莫測的微笑。我注意到他頭上有一對勾勒銀紋的黑色螺旋角，背後生有兩對一大一小的黑色羽翼，反射燭光的亮澤。

他渾身散發著一種難以言喻的王者氣勢……

「就是你，似乎很強的傢伙。」埃羅爾雙眼像看到獵物那樣明亮有神，「若不能傷我，我就解決你！」說完，他持劍朝著那人的方向直線飛奔而去。

我驚出一身冷汗，阻止道：「埃羅爾！」

面對埃羅爾直逼而來，惡渡者面不改色地微笑。當埃羅爾的劍劃過他的身體時，他的身影居然變成無數黑色的鳥兒，飛散後消失。同一秒，他出現在埃羅爾身側，一手抓住埃羅爾持劍的右手。

埃羅爾微張眼睛，似乎有點意外。

「太嫩了。」惡渡者冷笑一聲，他手指上的黑色指甲又細又長，掌心凝聚出黑紫色的渾沌魔光，「好好睡一覺吧！」說完，冷不防地將魔光推向埃羅爾的胸口。

埃羅爾竟被這小小的魔力光球震飛，像個布娃娃那樣滾落在地上。他壓著胸口，被光球命中之處泛出紫黑色的光暈，他的表情糾結成一團，臉色發青，發汗的皮膚泛著光。

我趕緊衝向前，「埃羅爾！」看到他皮膚上的一張張黑色人臉笑得狂妄，我不禁捏把冷汗。

聽見有腳步聲逼近，我抬頭，發現惡渡者正朝著這方向緩步走來，宛如步步逼近的死神。

我無法捨下埃羅爾不管，只能拔劍應戰，「站住！」手不爭氣地微微抖動。

「哼──挺有趣的，區區一個人類，面對我也有這般膽識？」惡渡者看了一眼埃羅爾，表情充滿愉悅的對我說：「我很感謝你將他帶來我身邊……但若你阻礙我，我只好讓你嚐嚐詛咒的滋味了。呵呵，生不如死的感受，你有興趣嗎？」

那陰冷的笑聲使我感到一陣冷冽，「果然是你對埃羅爾下詛咒？為何這麼做！請快點解開！」但當他又前進一步時，我忍不住稍稍退後了一點點。

「嗯？解開？哈哈哈哈——」惡渡者撥弄垂掛在頸邊的黑色絨羽圍巾，「這個你就不用擔心了，我當然會這麼做。不過在那之前，我可有事要拜託他……不，他非做不可。」

我越聽越模糊，「？」

「呵。」惡渡者嘴角勾起不懷好意的笑意，「當年和精靈生下這傢伙，我還以為活不了……但他竟然能完美地將兩種互斥的屬性相容，還活下來。這陣子人類勢力讓我傷透腦筋啊……不過只要利用他的能力，我拿下大陸是遲早的事！」

「什麼……利用？」我感到一陣顫慄。

他竟然想要占據整塊大陸！……等等，他說埃羅爾是他的孩子……！怎麼可能！但惡渡者的模樣一點都不像在開玩笑。

「不！埃羅爾不屬於這、我要帶他走！」我將魔法凝聚在劍身上，劍身上環繞著紅色的魔法之光。雖然我直覺眼前這人很強，我絕對不會是他的對手，但不管怎樣，我不能就此作罷！

「哼，明明怕到顫抖還是不肯讓？沒看過這麼愚蠢的人類。」惡渡者揚起一邊眉毛，左手搓著自己的下巴，紅色的眼睛上下打量我，我盡可能地忍住發抖。

他勾起嘴角笑起來，「哼，放人是不可能，不如你留下？」說著，用尖尖的指甲勾過我的下巴。

我感到一陣顫慄，連忙推開他的手，「別過來！」眼角餘光確認埃羅爾的位置，並且再次看一眼黑色大門的方向，心臟撲通撲通地狂跳著。

「哼——敬酒不吃吃罰酒？有意思。」惡渡者不懷好地拉高聲音，說道：「殺你可惜，但看樣子不耍點花招，似乎不肯讓？」說完，他彈了一下響指，那聲音在空間內好不響亮。

「噠。噠。噠。」

沉重的腳步聲伴著回音傳來。

我緊盯前方，僅以一瞥判定是個人類緩步接近。但總覺得那身影好像有點眼熟？我再次抬頭，這才發現……那不是誰，正是父親啊！

他穿著上次在商隊時的衣物，表情木訥地站在惡渡者身邊。奇怪的是，他對我視而不見……不，應該說他視線沒有焦距地落在遠方，就連腳步也拖在地上，駝著上半身，這根本不可能是傲氣的他會有的走路方式！

「呵呵……抓到這傢伙可不容易呢，殺光了整個商隊的人，真是造孽啊。」惡渡者嘴角漾起不懷好意的笑容，黑色的尖長指甲抵在父親的頸子上。

我看見他的指甲擦過父親的頸子，緩緩流出紅色的血液，而父親的頸子也出現了黑色的紋路在遊走……是詛咒！

「住手！」焦躁使我感到喉間一陣乾啞。

「為何？你很討厭他吧，既然如此，又何必為他擔心？人類真是矛盾啊……」惡渡者笑得更愉快了，眼中充滿嘲笑的意味，「如何，來場交易吧？」

父親在他手上，這根本不能算是公平的交易。

我看一眼父親，鼓起勇氣問：「什麼交易？」

「很簡單。」惡渡者一雙深紅色的眼睛凝視著我，我突然想起魔化的埃羅爾的眼睛也是這個模樣，「只要你和埃羅爾加入我方陣營，我就放了你的父親……還有其他三人。」

「其他三人……」我困惑地喃喃自語，腦海閃過了公會三位夥伴，「難道！」

「沒錯，他們在我的城裡，一舉一動都在我的監視之中，若是我願意，我隨時都可以奪走他們的命……」惡渡者意有所指地再次掐上父親的頸子。

「住手！」我心跳漏掉半拍。

「這交易只有你才有。歸順於我吧，少年！」

「這……」我愣在原地。

要我加入黑暗陣營？這絕對是不可能的事情，更何況我怎能替埃羅爾下決定？但是現在若不答應，恐怕得失去大家……這怎麼行？艾莉諾菈……

陷入猶豫之中，我緊緊握住手中的劍。

「……沒什麼好猶豫的。」

「！」聽見一聲微弱卻熟悉的聲音，我愣愣地望向埃羅爾。

本該倒下的埃羅爾壓著胸口，以劍作為支撐，搖搖晃晃地站起身來。他身上駭人的黑臉持續浮動著。他變化成原形，頭上的犄角與紅色雙眼時時刻刻提醒我，他與惡渡者之間的關係。

「只要擊敗那傢伙就行了。」埃羅爾舉劍，指向惡渡者。

「哼，以原形增加抗性嗎？真是白費功夫。」惡渡者不以為意地咧嘴笑了，「擊敗我？別傻了……就憑你？」

「砰！」

黑色大門突然被撞開，三個身影竄了進來。

「還有我們呢！接招吧，惡渡者！」灰頭土臉的佛格斯抹掉臉上的灰塵，叫囂似的朝空中揮劍，「竟然敢用這種爛招數偷襲我們！我要你付出代價！」不過很顯然，他似乎是擺給艾莉諾菈看的，角度不對。

艾莉諾菈和莉嘉繞過佛格斯，來到我們身邊。

我們公會再次聚首！

「還有我們呢！」莉嘉高舉手中的魔錘，上頭隱隱泛著橘色的魔法光芒，「誰都不准欺負我們公會夥伴！人家才不怕你呢！」

艾莉諾菈回頭望著我，嫣然一笑，「才加入公會不到一個月，嚴禁跳槽唷！」

而在後面發現沒人理他的佛格斯，這才趕緊衝到我們這邊會合，不過我不太清楚為何他要瞪我。也許是因為艾莉諾菈完全沒有看他一眼的關係？

「大家……」他們突來的出現使我大受感動，心底更是湧現出無比的勇氣。

惡渡者蹙眉，「你們怎可能……」

「警報在啟動之前就已經被除去了。」艾莉諾菈漾起大大的甜美笑容，聰慧的雙眼閃過光芒，「您太大意了，並非所有人都會輕而易舉地被您的障眼法蒙騙。」

惡渡者瞇起眼睛，「能看見魔力流動的應該只有……」

「接招！」埃羅爾一馬當先衝了出去，劍身上環繞著銀色的魔力光暈，眼看就要斬下惡渡者的頸子。

惡渡者以單手攔住劍身，視線緊盯向埃羅爾，嘴角漾起一抹邪魅笑容，「小子，你似乎還不明白這會讓你付出多大的代價啊？」語氣透露出怒意。

「該死！」埃羅爾試著抽劍卻拔不出來。

惡渡者瞪大紅色眼睛，眼球浮現五芒星的魔法陣。

一陣風撲向埃羅爾，黑色的長髮瘋狂拍打宛如亂蝶。他垂頭，雙手自然而然地垂在兩邊，黑色劍鋒拖在地上，背後生出一雙漆黑的翅膀。

「埃羅爾！」我不禁驚呼，急忙上前去抓著他的肩膀。

他抬頭，一雙猩紅色、冷酷無情的雙眼卻使我心頭一顫。

「守護之風！」

「鏗鏘！」

在我身邊環繞一道風之壁的同時，一陣金屬撞擊的清脆聲響竄進我的耳膜。

我錯愕地抬頭，只見在近乎透明的風之壁後頭，是埃羅爾黑色的劍……他剛才竟然朝我揮劍！

「埃……埃羅爾？」我的聲音顫抖著，但他卻一臉冷漠地凝視著我。

「快過來、埃羅爾被控制了啦！」感到有人抓住我衣角，硬將我拖離原地。我低頭一看，原來是莉嘉，剛才那道風之壁應該也是她的傑作。

佛格斯無法毅然將劍指向埃羅爾，「可惡……」

艾莉諾菈則翻開聖書，書本中泛出魔法的光暈，「神聖淨化！」她朝著埃羅爾灑下金色的神聖光芒。

但埃羅爾揮舞著劍，將祝福的天使斬成兩半，祝福的天使倏然化為光影消失。現在的他滿身戾氣，似乎聽不見我們的聲音……

「哈哈哈哈——我最喜歡這種互相殘殺的戲碼啦！」惡渡者展翅飛到空中，輕巧地坐在飄浮著的骷髏燈上，遠端飛來一條骷髏龍，縮著身子讓他能輕鬆坐靠著。他臉上帶著狂妄的笑容，「殺吧，與過去的友人為敵到底是怎樣的滋味？哈哈哈哈！」

惡渡者空掌對向站在中央發呆的父親。父親的身體飄忽忽地騰在空中，凝聚在他周邊的紫黑色魔光化成宛如蜘蛛網的網絡，而他就被掛在蛛網的正中央，宛如蜘蛛的餐點。

「父親……」我無法不去注意，握緊拳頭。

「哈哈哈哈——！」

在惡渡者戲謔的笑聲中，我們只能戰戰兢兢地聚在一塊。我望著已經不再是我們熟悉的陌生夥伴，但他終究是他，我怎麼可能毫無感情地傷害他？而且父親他……

「埃羅爾，你不是說要保護我嗎！」我再次喚他的名字。

「你別白費氣力了，他聽不見！」佛格斯阻擋我，「看樣子只能用武力來阻擋了……」他的頰邊落下一滴冷汗，抿了下唇，悶吼一聲：「該死……那混帳真是有夠卑鄙！」

莉嘉眼眶泛紅，搖頭，「人家才不要和埃羅爾打架！」

艾莉諾菈輕撫她的頭，神色凝重，「我們會盡可能不傷害他，想辦法把他困住……只要引開惡渡者的注意力，那控制的魔法應該就會解開才對……」

就在此時，我瞥見埃羅爾持劍朝艾莉諾菈方向衝去，「艾莉諾菈！」我趕緊上前以劍阻擋。

金屬碰撞，鏗鏘一聲，我擋住埃羅爾的攻勢，但我的雙手被震得微微發麻，猛烈的力道朝我步步逼近，我只能咬牙苦撐。

而埃羅爾一臉冷漠，看樣子喚醒他是不可能的事情。

「銀之鎖！」艾莉諾菈使出束縛魔法。

只見飄浮在埃羅爾身邊數個小型的銀色魔法陣中央，竄出一條條帶著咒文的半透明銀索，眼看就要將埃羅爾纏住，但是他卻早一步發現並退開，俐落抽回與我對峙的劍，倏地斬斷銀索，魔法陣瞬間消失。

埃羅爾劍鋒一轉，向對他使出魔法的艾莉諾菈飛馳而去。

「糟了！」佛格斯朝著埃羅爾奔過去，我也趕緊追在後頭。

但埃羅爾振翅飛起，滑翔的速度遠比我們快得多。他持劍飛向表情詫異的艾莉諾菈。眼看就要來不及，莉嘉在空中連續翻了幾個跟斗，及時趕到艾莉諾菈前方，將泛著橘紅色光輝的魔錘指向埃羅爾，「守護之風！」

兩人身邊環繞著半透明的風之壁，埃羅爾機警地閃身，才免於被風之壁撞飛。他一雙漆黑色的翅膀展翅高飛，自空中落下幾根黑色的羽毛。

我們的視線追隨著他的身影，窗外落下的光，勾勒出他的身形以及翅膀全展開的黑色輪廓。

只見他左右兩手浮現出紫黑色與銀色的逆時針盤旋的大魔法陣，激烈的魔力漩渦使大廳揚起陣陣強風，地上砂土紛飛。

「趴下！」莉嘉詠唱魔法，乖乖趴下的我視線往上望，驚見埃羅爾使出的魔法陣中竄出銀色與紫黑色兩種不同的黑色錐子，宛如雨點般朝我們衝刺而下。

「閉鎖時間！」千鈞一髮之際，莉嘉詠唱的魔法陣飄在半空中。

一個上頭有著可愛小貓的橘紅色大時鐘，指針噹噹噹地指向十二點方向，周遭迸出大範圍的魔法結界。

在橘色光影的庇護下，錐子咚咚咚狠狠砸落在結界上的聲響不絕於耳。每次金屬碰撞都產生劇烈的震盪與火花，就算護著耳朵，彷彿還是能清楚聽見撼動的振幅。我一動也不敢動地看著這一幕，一刻也不敢分神。

過了幾秒，錐子的聲響從零落到消失，保護魔法也解除。

時鐘碎裂成零件，嘩啦啦墜落的時候就消失了。

「混帳、別太囂張啦！」佛格斯被惹惱了，朝空中猛地揮了連續三次大劍，「吃我這招！」三道劍氣交錯成一塊，飛也似的朝埃羅爾的方向飛馳而去。

埃羅爾以劍阻擋，但還是被其中一道劍氣所擊中。

他悶哼一聲，順著力道撞上了牆面。雖然毫髮無傷，但強大的力道讓他自高空沿著牆面墜落，在即將落地之前，他回神並振翅穩住，優雅地站穩了腳步。

佛格斯掃出去的其中兩道劍氣恰好掃向惡渡者附近，輕鬆側躺的惡渡者不疾不徐地舉起左手，身邊漾起紫黑色的魔法護罩，輕而易舉地抵銷掉劍氣，周遭骷髏燈內的火搖曳著。

「你們打你們的，別傷及無辜啊？」惡渡者自以為幽默地笑了。

艾莉諾菈抬頭上望，微微瞇起眼睛。

「啊啊，惹毛我了！」被惡渡者挑釁，佛格斯煩躁地抓亂自己的紅髮，青筋暴露在額頭上，「莉嘉，掩護我！格倫你保護艾莉諾菈！老子三秒暈了埃羅爾那傢伙！」他捲起兩手的袖子，露出粗壯的胳膊，折著手指發出喀啦喀啦的聲響。

「好！」莉嘉舉雙手贊成。

看著佛格斯發狠的表情，比地痞流氓都還要可怕，我不禁擔心起埃羅爾了，「沒問題吧……」瞥見艾莉諾菈並沒有表示任何意見，只是抬頭凝視著大廳上空的某處。

「格倫，請掩護我。」艾莉諾菈右手在我武器上凝聚出銀色光暈，然後低下頭，雙手交握置於鼻前，身邊飄揚起淡淡的銀色光芒。

我愣愣地望著她，發現手中的劍鋒被裹上一層聖屬性的魔法。

佛格斯看準了埃羅爾還沒動作，一鼓作氣衝上前去。莉嘉也加快腳步，身形嬌小又靈巧的她輕鬆躍過佛格斯的肩膀，一個翻身，來到埃羅爾前方，在腿未落地時就將魔錘指向他。

「搗蛋的賈尼斯！」莉嘉手中的魔錘頂端閃耀出橘色的光輝，好幾隻大概一公尺高、長相怪異、通體橘色，呈現半透明的機械熊自魔錘中竄出，接二連三地統統撲向埃羅爾。

其中幾隻抱住埃羅爾的手腳，埃羅爾難以動彈，掙扎也只甩掉幾隻。

趁著這機會，佛格斯衝刺向前，他魄力十足地高舉手中的劍，就要砍到埃羅爾。埃羅爾察覺危機，在劍鋒即將落在他身上的前一刻，他的身上浮現出模糊的紫黑色影子，埃羅爾大喝一聲，強勁的魔力波將兩人以及一堆熊統統震飛。

那強大的風壓就連我都差點站不穩。我從擋風的手指縫間窺看，驚見佛格斯及莉嘉兩人跌坐在地，而埃羅爾居然不見了！

眼角閃過黑色殘影，我反射性地揮出劍，卻見埃羅爾一個閃身，躲開我的攻擊，一雙如墨的翅膀騰空展開，在空中振翅飛翔，大劍對準著祈禱中的艾莉諾菈！

——糟了！

我衝上前去，奮力一躍、舉劍一揮，劃過埃羅爾的胸口。

環繞在他身上的紫黑色光暈瞬間散開，而被劍劃過的地方噴濺出大量鮮血，我被染紅了視線。

「！」當我意識到錯誤之時，埃羅爾自空中墜落，重重地摔在地上，漆黑色的羽翼消失，汩汩的鮮血不斷湧出。

我跌坐在地上，渾身不住顫抖。

「——埃羅爾！」莉嘉驚呼，趕忙衝到他身邊去。

——我、我竟然傷了埃羅爾！一般攻擊不是對他無效嗎！

「哈——哈哈哈哈！太有趣啦！他的體質，就只有暗魔法和聖魔法才會對他造成強烈傷害啊！」

惡渡者毫不客氣地哈哈大笑起來，空間充斥著他戲謔的笑聲，「砍了自己夥伴的感覺如何啊？這種罪惡感令人渾身顫抖、超讚的對吧！哈哈哈——！」

望著眼睛緊閉，渾身淌血的埃羅爾，一股難言的憤怒在腹中燃燒。

我咬牙，眼眶不自覺地發燙。

「聖光領域！」

一陣宛如天使輕吟的嗓音響起的同時，灰暗的大廳瞬間充斥明亮的白光。

我揮去眼淚，回頭看，只見艾莉諾菈站在大廳正中央，閉上眼睛，敞開雙手。她沐浴在白色的聖光之中，金色的長髮飄揚，桃紅色的裙襬微微擺晃，有那麼一瞬間，我好像看見她的翅膀與光環……

「嘎——！」

數不清的慘叫聲在大廳內部的高處同時響起，強忍耳膜痛楚，我錯愕地抬頭望，驚見原本空蕩蕩的大廳上端，竟然擠滿了多到嚇人的魔物屍體。

且仔細一看，似乎有什麼泛著紫光的東西從群魔屍骸間透出來……？

「靠、哪招！」佛格斯瞪大眼睛。

我愣愣地望向艾莉諾菈，只見她面帶平常的微笑，滿意地望著傑作。

「看來人類與精靈的討伐讓您應付得挺辛苦的呀。都這麼吃緊了，還急著擴張領地，結晶的力量已經萎縮到這種地步……只能用魔物屍體施以障眼法來遮掩，有點可憐呢。」艾莉諾菈的聲音依舊溫柔清澈，但語氣微酸，「只有在這塊領地才能發揮實力嗎？難怪想找繼承人與幫手呢……呵呵……」

艾莉諾菈試著用治癒術治療埃羅爾，可光影落在他身上就消失了。

被酸了一頓，惡渡者的笑容倏然消失，盛怒的模樣猙獰可怖，「竟敢羞辱我……我要你們付出代價——！」

惡渡者自變成骨骸的惡龍身上一躍而下，展開背上兩對一大一小的黑色羽翼，掌心凝聚著強大的魔力，就連周遭的空間都被扭曲。

他瞪大猩紅的眼睛，惡狠狠地將魔力球甩向我們。

「快閃開！」佛格斯大喊。

光球砸落的速度快如閃電，雖然我們已經盡可能地遠離落點，但強大的力量自後方炸裂後，揚起的狂風狠狠地將我撞倒在地，痛得我齜牙咧嘴，而失去攙扶的埃羅爾撲倒在地。

緊接著石頭崩毀的聲響不絕於耳，大大小小的落石如雨點般墜落。

「可惡……」我望著埃羅爾，痛楚使我滿身冷汗。

想起父親的安危，我連忙從碎石堆中往他的方向望過去，只見莉嘉一個箭步衝上前，將父親從蜘蛛網中解救下來，並扛在肩膀上，輕鬆地跳過石堆。

莉嘉左肩扛著昏厥的父親，又彎下腰，毫不費力地撈起失血中的埃羅爾，宛如一陣風似的將他們送至不會被戰火波及到的地方，並設下結界保護他們。

「謝謝……」我不禁鬆了口氣。

「格倫！」艾莉諾菈驚呼。

我抬起頭，驚見惡渡者手中揮舞著泛著靛青色火焰的大鐮刀，自高空朝我俯衝而來。我連忙爬起身，卻聽見後頭鏗鏘一聲，回頭見佛格斯為我擋下致命的一擊。

佛格斯使勁到手臂的肌肉鼓脹，青筋外露，汗如雨下。與惡渡者一臉游刃有餘的模樣相比，兩者實力太過懸殊。

惡渡者手中鐮刀的魔力光暈更強烈了，「死吧。」他輕鬆地揮開佛格斯的劍，鐮刀突破防線，劃向佛格斯。

佛格斯瞪大眼睛，彷彿不可置信，鮮血自他的胸口噴濺而出。

我與艾莉諾菈不禁驚呼：「佛格斯——！」

「治癒——」

「閉嘴！」

佛格斯身旁的惡渡者身影突然消失，就在艾莉諾菈急忙要使出治癒術，連魔法都還未凝結之時，惡渡者瞬間閃現在她的身邊，以掌心凝聚的魔力彈，近距離命中艾莉諾菈的胸口。

艾莉諾菈哀鳴一聲，倒地不起。劇烈起伏的胸口盤據紫黑色的傷口，從中隱隱看出黑色的遊影鑽進鑽出，黑色的紋路緩慢地爬向其他未受感染的部位。她滿頭大汗，雙眼緊閉。

「艾莉諾菈！」我朝惡渡者猛揮一劍，他輕而易舉地閃開攻勢。

見他不屑地勾起嘴角一笑，我咬牙，抓緊劍，卻見莉嘉突然從左方疾馳而來。

「不准傷害大家——！」莉嘉紅著眼眶，尖叫一聲，雙手舉起魔錘朝惡渡者方向一砸，「憤怒的傑拉斯！」

強烈的魔法震波自莉嘉的方向直撲而來，我盡可能趴低身體，瞇起眼睛往那方向看，只見莉嘉的魔錘發出驚人的橘色光芒，從光芒中竄出兩頭巨大的機械大象。大象抬起前腿，捲起鼻子高鳴一聲，猛地朝惡渡者身上重重壓了過去。

當大象怒踏地面，整棟建築物轟隆隆悶響的同時，較脆弱的建築部分甚至碎裂成塊墜落，貼在地上的我幾乎快被震暈了。

這麼強的攻擊，就算是惡渡者應該……

抱著些許期望，我撐起上半身，靜待混亂過去。

當漫天塵埃消散，橘色的魔法光芒消失，我看見殘破的古舊大廳內，有把斷成半截的鐮刀，有著兩對翅膀的人則好端端地佇立著。

看到這，我的心涼了半截。

「嘖……該死的小鬼，真是會耍花樣。」惡渡者揪起莉嘉的衣領，不顧她死命掙扎。他惡狠狠地咬牙瞪視著她，掐住她的頸子將她抬高。

莉嘉抓著惡渡者的手，奮力踢腿掙扎。

惡渡者另一手凝聚出魔力，「去死吧！」

「——莉嘉！」我掙扎起身，舉劍衝過去，朝惡渡者背後揮下一劍。

但惡渡者竟早一步察覺，半凝結的魔力推向莉嘉的胸口，鬆開她的同時，一個轉身，抬腿就是朝我腹部猛地一踹。

「唔！」我感到腹部一陣劇痛，身體順著力道滾在碎石堆上，身上的骨頭簡直都要斷光了，痛得我滿身大汗，連呼吸都難，滿口血腥味。

「唔……」我以劍作支撐，奮力從地上站起來，雙腿有點不聽使喚，瑟瑟顫抖。

「沙沙。」

一陣輕微的聲音掠過，我愣愣地睜開眼，驚見惡渡者不知何時已經站在我眼前，手上那鐮刀竟已恢復如初……而且彎刃就這樣冷冷地擱置在我頸子上，我可以清楚感到皮膚透來的陣陣冷冽。

惡渡者瞇起猩紅的眼，嘴角勾起殘忍笑意，「怎麼樣？親眼看見夥伴一個個被殺的滋味如何？這可都是你的錯，若你早點接受提議，不就沒事了嗎？還是……如此結果才是你所冀望的？」

那刻意拉高的諷刺言語，一字一句刺痛我的心。

我咬緊牙根，瞪著他。

「別用這種眼神看我，真令人心寒啊，我也不打算這麼做的啊！」

我能感覺到銳利的鐮刀劃過我皮膚表層的辣痛。

惡渡者冷冷地笑著，「這可是最後機會，加入我，或死？」

在他毫無溫度的視線下，瀕臨死亡的恐懼使我渾身顫抖。我看一眼倒地不起的艾莉諾菈、莉嘉、佛格斯、埃羅爾還有父親……這些都是我身邊絕無僅有的夥伴，卻被如此傷害，我無能為力守護。

一陣怒火在腹部翻騰著，眼前已朦朧一片的我握緊拳頭，啞聲嘶吼：「——絕對不可能！」

惡渡者的笑臉倏然消失。

「嗯？很有骨氣嘛……」他一腳將我踹得跌坐在地上，單腳踩踏住我胸口，痛得我悶哼。

惡渡者高舉手中的鐮刀，刀鋒閃著光芒，暴怒地低吼：「那就去死吧！」

眼看鐮刀就要揮下，我絕望地閉上眼睛。

「鏗鏘鏘——！」

一聲清脆的聲響充斥整個空間，我錯愕地睜大眼，卻見大廳上空的紫黑色水晶爆碎，缺口上插有一把黑色的劍。

裂痕自缺口處向外擴張、崩解，最後整顆水晶碎散，自高空墜落，整個大廳宛如降下一場水晶雨。周遭魔物的屍體也化為灰塵，消失了。

絲縷的陽光自窗口撒入，拖曳成帶狀。

——怎、怎麼回事！？

「嘎啊啊啊啊——！」

惡渡者手中的鐮刀倏然消失，他手壓著胸口，五官糾結成一團，我從來沒聽過那麼淒厲、高亢的尖叫聲，耳朵差點失聰。而他身上的紫黑色的氣息漸漸退去，身上的衣物居然漸漸淡成深灰色。

「主人！」

聽見一聲熟悉到不能再熟悉的呼喚，希望宛如曙光掠過心頭。

害怕那道呼喚只是錯覺，我小心翼翼地回頭，果真看見——埃羅爾！

他單手倚靠著牆，另一手扶著滿是鮮血的胸口。滿頭大汗的他，一頭黑色長髮凌亂不堪。他仍維持著魔化的模樣，慘白的臉上一點血絲都沒有。

他咬牙，聲音微弱，「……快！」

感到一陣鼻酸，我的眼前又朦朧一片。

手中的劍還殘有艾莉諾菈施以的聖屬性。回想，這是佛格斯送給我的劍，上頭還有著莉嘉替我綁上的紅色細繩。

瞬間感受到大家都還在我身邊，無與倫比的勇氣油然而生。

我將劍緊緊握在手中。

趁惡渡者陷入恐慌之中，我緊盯著目標，「喝啊啊啊——！」將全身力氣灌注在這一擊，帶有聖屬性的劍狠狠地插入惡渡者的胸口。

惡渡者震驚地瞪大眼睛，踉蹌地跌退一步，試圖用利爪抓傷我。我退開，安然閃過，並鬆手讓劍留在他的身體裡。

沒入他胸口的劍閃爍著神聖的銀色光芒，驅散他殘弱的暗屬性。他整身快速化為死灰，「啊啊……我不甘心……」他猙獰著逐漸成灰的五官，掙扎地想要撲向我。

我緊盯著他，在他的指間即將觸碰到我的前一秒，他的身體徹底散成灰。

一顆大概是一般黑珠的兩倍大，且核心帶著深紅色的大黑珠落在地上。

我下意識彎腰去撿，大黑珠卻毫無預警地抖動起來，我嚇得趕緊收手。它的底部竟然浮現紫黑色的魔法陣，大黑珠被魔法陣吞沒，瞬間消失在我眼前。

當一切過去，整個大廳突然變得明亮許多，從銀框雕花的窗子往外望，盤旋在這座城的紫黑色雲霧漸漸消散，而久違的燦爛陽光重新撒在這被遺棄的城鎮，黑暗的氣息逐漸退去。

沐浴在暖暖的陽光下，我茫然地望著大廳，「結束……了嗎？」

一切太過虛幻，我有種如夢初醒的感覺。

「嗚……」聽見一聲哀鳴，還有東西倒下的聲音，我愣愣地朝那方向看去，原來是埃羅爾倒在地上呻吟。

我這才想起還有更重要的事情，「大家、振作點啊！」

第十一章
當我們同在一起

成功擊退惡渡者，埃羅爾以及大家身上的詛咒都成功消除了。

荒蕪之城也重回陽光的懷抱……不過奇怪的是，蔓延在北方大陸的黑色之地雖然有縮小，可並未消失，黑色據點仍然存在，但至少沒有增加的樣子。

因為我們的成功，皇族特別頒發獎章以及獎賞給我們，我們的英勇事蹟被廣為讚頌。佛格斯笑得合不攏嘴，因為不僅廚房整修的費用有著落，就連把公會擴大都不是問題。

三位公主千方百計想把我們留在城堡裡，她們看我的眼神讓我老是聯想到看見獵物的老虎，而且我的東西老是不見，杯子上還有奇怪的吻痕。

偏偏莉嘉又被甜食收買，而艾莉諾菈似乎也很喜歡她們所提供的良好讀書環境，實在沒理由推辭……

別無他法之下，我只好提出要回家探望父親的請求，總算逃了出去。

「嗯……還是回來了。」

穿過企業之城的繁華街道，我搭車，來到久違的家門前。

站在鐵門外，望著這扇富麗堂皇的大門，我遲疑了許久。

也許是待慣了中央之城，現在要我再次踏入華而空虛的另一個世界，就算是曾經熟悉的，還是有點抗拒。

那天送父親回去，他什麼也沒說。我不知道他的心情是怎麼樣……不，應該說我從來不知道他心裡頭在想什麼。原本以為他會立刻將我架回去，但意外的是，這幾天過去，他完全沒有捎來消息。

這樣自由，反而讓我感到更不安。

難道說鳥兒被關慣了，放出來的時候竟然也不會飛了？

我站在門口良久，可是裡面完全沒動靜，「奇怪……沒人在嗎？」一般來說，因為父親很注重隱私與安全，若有人站在自家大門超過三秒，那可能就會有一堆傭兵殺出來問話了。

但現在，卻風平浪靜？

「——歡迎回來！」

當聽見一群人幾乎是同時的在後方齊喊，我愣愣地回頭。

然後意外看見，本該是空蕩蕩的人行道上，不知何時被一群人占據。他們穿著我們家僕人的制服，女僕們捧著一束束包裝豔麗的花束，上前將我團團包圍住。撲鼻而來的花香以及一張張充滿笑容的臉，讓我有點不知所措。

感覺有人趁亂摸了我好幾把，我保持距離，愣道：「這是……？」

「歡迎，格倫，等這麼久，花都快枯萎了。」

父親的聲音使我心頭一顫。

我慢慢地回頭，只見他不疾不徐地走過僕人們讓開而形成的小徑，帶著與平常不同的溫和笑臉，手中也捧著一束雪白的百合花束，並遞給了我。

從小到大，我還從來沒有受過如此禮遇，讓我受寵若驚。

這該不會又是什麼手段想將我留下來吧？

「格倫。」他大手拍拍我的肩膀，手指上幾乎掛滿戒指，好不閃亮，「終於知道要回來了，已經三個月沒回來了吧？」

不知為何，光是聽到他說這句話，我就已經滿身冷汗了。

「呃……因為有點事情耽擱了……」其實想避開他視線，但根據以前的經驗，我和他說話，若是眼睛沒與他相對就會挨罵。我只能昧著良心，努力將視線鎖定在他……鼻梁上。

——唔，好想逃啊！

「前些日子，你突然那樣逃開，真是讓我難做人啊……你知不知道後來那些賓客見到我，還真是客氣到不行呀？」父親笑吟吟地說著，搭在我肩膀上的手，力道加重了些，「上上個禮拜，還打傷了我的傭兵，知不知道我賠了多少錢呀，格倫？」

我身上的汗水大概已經如大雨般傾盆，「抱……抱歉……」我努力扯開笑容，但是發顫的聲音卻背叛了我。

肩上的重量消失，我感到頭被大力地抹了幾下。

「做得好。」

「欸？」我愣愣地抬頭。

父親平常總是銳利的眼神，如今竟是如此溫和，且含著澄澈的笑意，「我以你為傲，兒子。」

從來沒有正面受他如此稱讚，我傻了。

「這陣子我想了很多。我對你的標準一向很高，無非是希望你能超越我，因此不停地鞭策你，但這似乎造成了反效果啊……」父親收回手，露出了對我而言，鮮少看見的溫柔笑顏，「你的天賦，才能真正指引屬於你的未來，請原諒我的自作主張。這次，你不只救了我，還拯救了大家，你是我們的英雄！」

從來不示弱的父親……居然向我道歉？

一下子突然辭窮了，我感到兩頰發麻，垂下視線，「我……」

感覺身後有一股力道將自己往前推，是父親的手攬著我，走向屋子的大門。

他笑吟吟地說：「來，你可是我今晚的主角，裡面宴會大廳都已經布置好了，晚點大概有一千多名賓客會來。噢，上次你頒獎時露面，我們家差點被信淹沒了，或許你該從中挑挑幾個條件不錯的女孩約會……對了，我在南海那邊買了一棟別墅給你，你和你們公會的夥伴也許可以考慮把公會遷移到那？」

——等、等等！現在根本就是變相的未來安排啊！

——爸、你根本沒懂嘛！！

「啊、找到格倫了！」

聽見莉嘉呼喊的聲音，我們停下腳步並回頭。

隨即感到有東西迎面撲過來，我站穩腳步，低頭一看，原來是莉嘉飛撲進我的懷裡，她的雙手環抱著我的腰，臉頰不斷地在我胸口磨蹭，「怎麼偷偷跑回來了、人家好想你——」

「怎麼可以在少爺身上亂蹭……好羨慕、真失禮！」

「噓、那是公會的人！」

我聽見旁邊的女僕在騷動，但還好並沒有人真的衝出來。

「莉嘉……那……」我回頭，果然在人牆後面找到艾莉諾菈、佛格斯還有埃羅爾的身影。他們對我揮揮手。沒想到他們居然會跑來找我，我趕緊朝著他們走去，「你們怎麼會來？」

艾莉諾菈掩嘴笑了，「還說呢，你不在，公主們可是都遷怒到我們身上了，我們能不找藉口逃出來嗎？」她看了看後面那群女僕，意有所指地笑了，「嗯？看來我們的少爺不管在哪裡都很受歡迎呀？」

她走上前來，為我整理衣領，她突來的動作使我一愣，如此貼近的距離，使我心跳悄悄地加速。

不過，我怎麼感覺附近有種奇怪的壓力傳來？

「咳咳咳！」佛格斯上前將艾莉諾菈拉開，隨手將我的領結拉到極限，我差點被勒死，「你何時要回公會啊？多虧上次的領獎，我們公會信用現在可是全城最高，案子接到手軟！得快點去趕單，你說對不對啊？」

他貼過來，以鼻孔看我，總覺得那兩顆洞大到快把我吸進去了。

——唉，看來悠閒的日子就到此為止了……

感覺肩膀被拍了兩下，原來是父親也走來，笑著與大家揮手，「喔，好久不見，各位最近還好嗎？」

「喔！你好！」佛格斯爽朗地與他打招呼。

艾莉諾菈微笑，「您好。」

「叔叔好——」莉嘉高舉雙手，充滿活力。

「呵呵呵，很有精神啊。」父親拍拍莉嘉的頭，看向正默默對他散發殺氣的埃羅爾，他仍笑容不減，「您好，我兒子多虧您照顧了。上次抱歉，希望您大人不記小人過，當作沒那回事吧。」

埃羅爾瞇著眼睛，我看他的右手微微動作，似乎就是要召出劍來，我趕緊走上前去，攔住他的手，小聲說：「已經沒事了。」

「……」埃羅爾猶豫了一會兒，這才鬆手。

「轟轟——！」

在和樂融融的氣氛下，一陣不尋常的轟隆巨響使我們愣住。

整座城鎮天搖地晃，我們愣愣地朝著聲音來源望去，卻見城鎮的北北東方向不知為何出現了一道黑色的龍捲風，正直朝這方向襲來。

「糟、糟糕——大家快逃啊！」

眾人驚愣譁然，較膽小的人已經轉身就逃了。

「怎麼回事！」我不禁愣住。

「嗯，可能是黑龍獸，前陣子聽商隊的人提到有野生龍獸在城外橫行。」父親意外地鎮靜，回頭對著家門大喊：「傭兵，擊退龍獸！」

語畢，原本看似無人的樹上、草叢、倉庫、暗巷等處接二連三地竄出人影，看得我眼花撩亂，轉眼間，組織列隊的傭兵們已經站在父親的前方，連武器都準備好了，隨即飛也似的衝向龍獸所在地。

「哼，有意思！」

我感到一陣風掠過背後。我抬頭，果然見埃羅爾召喚出黑劍，追在傭兵後頭。

又來了、學不乖啊！

我無奈地抹臉，卻感覺背後有人在推我向前跑。我回頭，原來是艾莉諾菈還有莉嘉……嚴格來說還有看著艾莉諾菈，一臉受傷的佛格斯。

「走！」

「冒險去囉！」

他們推著我向前跑，雖然我不太想去，但他們好像很開心的樣子，也只好認命地被他們推著走了。

「衝啊！冒險——！」莉嘉高呼。

「喔——！」被大家鼓舞士氣，我也跟著歡呼。

《逃家少爺的 Kiss 契約》全文完

陳詞懶調×PieroRabu
回到過去
BACK TO THE PAST
TO BECOME A CAT NO.12 END
變成貓
他一覺醒來變成貓。
十年貓生過去，當時間
來到記憶中的那天……
人變貓的喵星人歷險記——好萌喵，不買嗎？
全套12集，全國各大書店、網路書店、租書店強力熱賣中！
典藏閣
華文聯合出版平台
www.book4u.com.tw
采舍國際
www.silkbook.com
不思議工作室_
立即搜尋
版權所有© Copyright 2017

天罪 NOVEL
夜風 ILLUST
打工勇者
05
銀霧魔女失蹤，漆黑騎士代工！
桃樂絲一黨大玩COSPLAY！
打工勇者 01
打工勇者 02
打工勇者 03
打工勇者 04
打工勇者 05
羊角
典藏閣
華文聯合出版平台
www.book4u.com.tw
采舍國際
www.silkbook.com
不思議工作室
立即搜尋
版權所有© Copyright 2017

羊角系列041

逃家少爺的Kiss契約

出版者■典藏閣
作　者■鬱兔　繪　者■重花
封面設計■Snow Vega
總編輯■歐綾纖
製作團隊■不思議工作室
郵撥帳號■50017206 采舍國際有限公司（郵撥購買，請另付一成郵資）
台灣出版中心■新北市中和區中山路2段366巷10號10樓
電　話■(02)2248-7896　傳　真■(02)2248-7758
物流中心■新北市中和區中山路2段366巷10號3樓
電　話■(02)8245-8786　傳　真■(02)8245-8718
ISBN■978-986-271-764-6
出版日期■2017年4月

全球華文國際市場總代理／采舍國際
地　址■新北市中和區中山路2段366巷10號3樓
電　話■(02)8245-8786　傳　真■(02)8245-8718

新絲路網路書店
地　址■新北市中和區中山路2段366巷10號10樓
網　址■www.silkbook.com
電　話■(02)8245-9896
傳　真■(02)8245-8819

☞您在什麼地方購買本書？☜

1. 便利商店（＿＿＿＿市／縣）：□7-11　□全家　□萊爾富　□其他＿＿＿＿

2. 網路書店：□新絲路　□博客來　□金石堂　□其他＿＿＿＿

3. 書店（＿＿＿＿市／縣）：□金石堂　□蛙蛙書店　□安利美特animate　□其他＿＿

姓名：＿＿＿＿地址：＿＿＿＿＿＿＿＿＿＿

聯絡電話：＿＿＿＿＿　電子郵箱：＿＿＿＿＿＿＿＿

您的性別：□男　□女　　您的生日：西元＿＿＿＿年＿＿＿＿月＿＿＿＿日

（請務必填妥基本資料，以利贈品寄送）

您的職業：□上班族　□學生　□服務業　□軍警公教　□資訊業　□娛樂相關產業

□自由業　□其他＿＿＿＿

您的學歷：□高中（含高中以下）　□專科、大學　□研究所以上

☞購買前☜

您從何處得知本書：□逛書店　□網路廣告（網站：＿＿＿＿＿＿）　□親友介紹

（可複選）　□出版書訊　□銷售人員推薦　□其他＿＿＿＿＿＿

本書吸引您的原因：□書名很好　□封面精美　□書腰文字　□封底文字　□欣賞作家

（可複選）　□喜歡畫家　□價格合理　□題材有趣　□廣告印象深刻

□其他＿＿＿＿＿＿

☞購買後☜

您滿意的部份：□書名　□封面　□故事內容　□版面編排　□價格　□贈品

（可複選）　□其他

不滿意的部份：□書名　□封面　□故事內容　□版面編排　□價格　□贈品

（可複選）　□其他

您對本書以及典藏閣的建議＿＿＿＿＿＿＿＿＿＿＿＿＿＿＿

＿＿＿＿＿＿＿＿＿＿＿＿＿＿＿＿＿＿＿＿＿＿＿＿

＿＿＿＿＿＿＿＿＿＿＿＿＿＿＿＿＿＿＿＿＿＿＿＿

✌未來您是否願意收到相關書訊？□是　□否

✍感謝您寶貴的意見✍

印刷品

$3.5

請貼
3.5元
郵票

FUSIGI POST

235 新北市中和區中山路二段366巷10號10樓

華文網出版集團 收

（典藏閣－不思議工作室）

逃家少爺的Kiss契約